異世界の皆さんが優しすぎる。

間宮《まみや》遥《はるか》
大学卒業を前にして、
子供を助けて死亡した女子大生。
女神様にチートを貰って
異世界転生した。
生活力に溢れる逞しさと、
美味しいものへの愛で
異世界の食文化向上に努めている。
クライン
ハルカが最初に
出会った異世界人。
彼女が快適に暮らせるよう
様々な便宜を
はかってくれる。
Main Characters
登場人物紹介

ケルヴィン
冒険者ギルドの
マスター。
ハルカの仲間で、
食材などの研究担当。
ミリアン
冒険者ギルドの
受付嬢でハルカの友達。
ハルカの食文化向上の
旅に同行する。
プル
ハルカを見守るために
ついてきた妖精。
ハルカの料理によって
食いしん坊になる。
テンペスト
ハルカが旅の途中で
出会った魔族。
少年の姿を
しているが……？
トラ
ハルカが異世界転生する際、
女神様がくれた、
マルチ機能がついたぬいぐるみ。

プロローグ

仕事も決まり、あとは大学卒業後の生活を考えるだけという状況になって一安心した十月。両親を事故で亡くし天涯孤独《てんがいこどく》だった私、間宮遥《まみやはるか》は、川に落ちた子供を助け、そのまま死んでしまったらしい……のだが、目覚めた先は、なんでか知らない森の中だった。

これはアレか。何かで読んだ異世界とかいうやつかしら。

異世界の神（？）は、右も左も分からないいたいけな若者を森の中にポイ捨てですよー、皆さーん。油断も隙もないですよー。子供を谷底に突き落として野生の厳しさを教える獅子《しし》より極悪ですよー。

そう心の中で叫んでみる。

「あー、目が覚めたね」

突然かけられた声の主を求めキョロキョロすると、背後にプニプニのほっぺたで、金髪のくりくりした巻き毛の、可愛さと胡散臭《うさんくさ》さを兼ね備えた妖精さんがいた。プルという名前らしいその彼がざっくり現状を説明してくれる。

薄々気づいていたが、やっぱり死んでたことを確認。

ほんのちょっと夢落ちを期待したのに。ほんのちょっとだけだけど。

……でも、うわーマジでか。

奨学金も返してないし、まだ彼氏の一人も、旦那の一人もできてなかった。いや、旦那いたら彼氏ダメよね。

初体験どころかキスもないとか、女として生まれてどうなのよ。いや、もう死んだけど。

あー、二十一歳の若さで死ぬ羽目になるとは思わなかったなー。まだこれからってとこじゃないね。

キャリアウーマンになって、バリバリ貯金する予定だったのになー。

ボーナス欲しかったなあ。老後は田舎《いなか》の一軒家でも借りて楽しく過ごすつもりだったし。

……まぁうじうじ考えても死んだものは仕方ない。今さら足掻《あが》いても無駄だろうし。

異世界とはいえ、今度こそ雑草のように細く長く強く生きてやる。

基本的にシビアな生活環境だった割りにはお気楽にできている私の脳ミソには、悩むという高度な機能はついていない。元に戻ることができないなら前進あるのみだ。

まず、ここで暮らせるお金を得ないとダメだし、最終的にはマイホームが欲しい。庶民オブ庶民は働いてなんぼだ。

まずは食べ物と今夜の寝床を考えよう。

んー、まぁなんだ。森なんだし果物とかキノコとかあるだろ。川があれば魚も獲れるやもしれん。

いや、獲ってみせる。

それが狩人《かりうど》というものだ。私は狩人《かりうど》なのか。初めて知った。

死んだばかり――死にたてホヤホヤなのに、既《すで》に私の心はマタギのオッサン的な力強さだ。異世界だろうと変わらぬ応用力のある強いメンタルに育ててくれた親に感謝せねば。

でも、うら若き淑女としてのメンタルではない気がする。

まあせっかく生き返らせてもらった命、大事にしないと。

とりあえず、ご飯だ。空腹は心が荒《すさ》む。

乙女らしくうるうるしても鬱蒼《うっそう》とした森の中では意味がない。ただのイタイ子だ。餓死《がし》ルートか獣に食われるルートの鉄板二択しか見えないじゃないか。ここは周囲の探索をすべきだ。

気合を入れて立ち上がった私を、さっきのちんまい妖精――プルちゃんが呼び止めた。

「ちょちょ、待ってよ。びっくりするぐらい立ち直り早いな、おい。女神様から言われてるからチート能力つけてやるよ。三つ欲しい能力言って」

そう言ってくる。

お？　やはりチートとやらがつくのか、異世界転生。ありがたやありがたや。

なんで三つもくれるのか分からなくて聞くと、子供を助けた特典で増量になったらしい。でも、別にいい子ぶったわけじゃなくて、とっさに飛び込んでただけなんだけど。

転びそうな人に手を差しのべるみたいなもんで、溺れる人を見たら、それが大人でも子供でも、何とかしようと誰もがちょっとは考えるはずだ。

残念だったのは、水の中で服を着たままだと体が言うこと聞かないというのを分かっていなかった自分の浅はかさのみ。なんか聖人君子みたいな感じに取られるのは困る。

断るべきだろうか。死んだのは自業自得なのに、チート増量してもらうのもなぁ。

だがしかし。

これからの生活でたくましく生きるには、あえてここは図太くなるべきではなかろうか。よし貰えるものは頂こう。ナムナム。

とりあえず、この世界で会話に困らない言語能力をつけてくれと頼むと、それは初期装備だそうだ。

つまり、ただ。素晴らしい。これで町の人と意思疎通が図れないということはないだろう。

それ以外にねぇ。うーん、と私は結構、悩んだ。

だってこれから当分一人で生きていかないとだし。

いや元々一人だったけども異世界だし。勝手知らんし。

そして、こういう感じの、と要望を伝えると、妖精さんが「おっけー任せといて！」と笑顔でサムズアップする。軽い。妖精なのになんかチャラい。

ともかく、具体的に以下の三つのチート能力を手に入れた。
●マルチアイテムボックス（保存容量無限。重さ負担なし。温度調節機能付き。時間経過機能の使用は選択可能）
何かあった時に荷物をまとめるのは面倒だというのもあるが、自分の財産は身につけていたい。この国で万が一やらかしてしまった時、身一つで逃げられる。

妖精さんを拝《おが》むと少し残念な子を見るような眼差《まなざ》しを向けられた。いや、きっと気のせいだ。
●マルチ魔法（全属性使用可能。努力次第でかなり強力なものも使える）
一応自己防御できないとねぇ、れでぃ～だし。詠唱は不要。イメージで発動可能だそうな。ちなみに、この世界ではそれぞれの属性の精霊さんが働くことで魔法が発動される。

己の想像力の限界がすぐ来そうだが、料理で火を熾《おこ》すのが楽そうで有り難いと喜ぶと、妖精さんは本当に残念な子を見るような顔をした。多分気のせいだ。

『魔法使ってまず一番にやりたいことが料理の火熾《ひおこ》しとか、ないわー、マジでないわー』とかぶつぶつ言ってるように聞こえたが、絶対気のせいだ。
●日本の商品もこの国の貨幣で取り寄せ可能な総合マーケット機能つきのマルチぬいぐるみ（キジトラのネコ型。かなりおデブ。サイズは身長五十センチくらいで、なんか胸のとこにお金を入れる細長い穴が開いてて、その下にデジタル時計みたいに数字が表示されている）
まさかの自立歩行型。

自販機みたいなものが、常時自分の前にあるようでテンションが上がる。

初回サービスとして、日本の貨幣価値で二十万円分をクレジットしておいてくれたようだ。まさに至れり尽くせり。女神様イイ人。顔も知らないけどなんかイイ人。

ぶっちゃけ一番これが有り難い。

日本人は日本食を時々食べないと死ぬと思う。個人的に。

いや、ショーユのない生活とか無理。米もないと無理。

料理をするのは大好きだ。コストダウンのためにお弁当はマメに作ったし、貧乏だから体が資本、金がないなりにも私のエンゲル係数は高かった。

その代わり衣服や雑貨にお金を回せず、春夏はTシャツとジーンズ、秋冬はパーカーとジーンズというオサレ心皆無《かいむ》な女に仕上がったのだ。

しょうがないじゃん、バイト生活で貧乏だったもの。

しかしマルチマルチと、詐欺商法みたいなネーミングセンスは女神様もちょっとどうかと思う。

イイ人とは思うけどどうかと思う。分かりやすくて転生素人《しろうと》には助かるけども。

よし、これで当座はしのげそう。苦労するかと思ったけど、ふっふっふ。

頑張って仕事探してお金貯めて、念願の早めのスローライフするぞ〜♪

そう呑気に思っていた私は、異世界生活が進むにつれ、スローどころか元の世界にいた時よりも賑やかな日々を送ることなど、予想もしていなかった。

1　無職回避と新たな生活

「――数日間はハルカがちゃんとやってけるか様子見でついててやるから、とりあえず頑張れ。まぁ呑気そうだし、意外に順応性ありそうだけどな」

あの後、すぐにプルちゃんにそう言われた。プルちゃんはボッティチェリの描いたふくふくした天使みたいな愛らしさなのに、性格は大雑把そうだ。細かいことは気にしない感じだし、気が合いそうだし、こっちの世界の人にも私が見ている通りの子供の姿で見えるらしい。良かった良かった。

「とりあえずお腹《なか》空《す》いたから何か食べたいよねぇ。トラちゃん、ちょっと」

私は、あのマルチぬいぐるみをトラちゃんと名付けた。キジトラ模様だからトラちゃん。

我ながら雑なネーミングだが、分かりやすいのが一番。

さて、ご飯の材料と、これからの旅に持っていく日本の商品を買い込まないとね。普段着のパーカーとジーンズ以外持ち物と言えるの何もないし。

マルチぬいぐるみは、自分がトラちゃんだと認識したのか、ぽてぽてと歩いてくる。

やだ、何この子、動くとより可愛い。

「プルちゃん、この子どうやって使うの」

「ん？　ああ、お金が足りなくなったら胸元のとこから入れればいい。今はそれなりに入ってるから、頭の横にボタンあんだろ？　それ押せば、ハルカがいたとこのパソコンみたいな画面が開くから、欲しいのをタッチして」

頭の横にボタン……と。あった。ポチッと。

おおー。ノートパソコンみたいなんが出た。

頭がパカーッと開くのは、ちと怖いわ、トラちゃん。

ネット通販みたいなもんですね。値段は気持ち高いけど、こちらではまず手に入らないものも多いだろうから仕方ない。

「まずは鍋とフライパン、包丁、おたま、と。ザルもいるかな。後はお茶碗とお皿とお箸とフォークにスプーン、調味料各種、と。米もだよ、米も。あと魚か肉か……迷うなー」

「食い物関連ばっかだな、おい。まず衣服を調えるとかないのか。女だろハルカ」

「衣食住の中で食が一番大切。美味《おい》しい食べ物は人を幸せにシマスネー」

「何エセ外国人みたいな口調になってんだ。ほれ、横に『現地モノ』つうとこあるだろ、タブが」

「あーあるある。ポチッと」

現地モノの欄には食品もかなりリーズナブルな価格で載っている。

「こっちの野菜とか見た目通りの味か分かんないしねぇ」

「だから食い物じゃねぇよ！　ほれ、衣類とかあんだろ。その辺も一通り買っとかないと、あっちの服はかなり目立つから」

「あ、そうか。忘れてたわ。目立たず生きていくのに必須よね。あんがとあんがと」

プルちゃんはあれか。ツンデレか。なんだかんだと親切だ。

何着か女性用の無地の服、下着などを見繕《みつくろ》ってカゴに投入。食品や生活雑貨も含め二万円以上になってしまったが、初期投資だからここは涙を呑む。

会計を済ませると、トラちゃんについていたデジタル時計状のパネルの数字が減った。

その後すぐドスッと音がしてトラちゃんの横に木箱が出現する。即時配達か。ピザ屋より早いわ。

「トラちゃん、できる子ね〜」

頭の蓋《ふた》を閉じてナデナデすると、トラちゃんはちょっと照れたようにそっぽを向いた。やだこの子、やっぱり可愛いわ。

木箱を開けて商品の仕分けをする。

歯磨きとか洗面お風呂セットなど細々《こまごま》したものも買ったが、それはリュックみたいなこちらの袋を買っておいたのでそれに入れる。

アイテムボックスの容量が無限だからといって大量の物を出し入れしていると、異世界から来た人間だとバレやすいし色々利用される。そうプルちゃんが言っていたので気をつけないと。

こちらの人にもアイテムボックス持ちはいるけど少ないんだそうだ。それに私のような時間経過を止める機能がついているものはなく、単に大容量の荷物入れとして使うみたいで、冷蔵庫みたいな温度調節の機能も当然ない。

すいませんね、私だけ楽させてもらって。

フワッとした軽い布のワンピース型の現地服に着替え、エプロンをつける。

さて、初の魔法を使おうか。

私は米を鍋に入れ、その後水で研《と》ぐイメージを浮かべる。そして鍋に手を向けた。

「美味《おい》しいご飯のためにしゃきしゃき研《と》いでね～」

おお、水魔法なのかしら。

水が空中から湧いて鍋に注がれ、米が洗濯機みたいに回り出す。その後、水を適量入れて蓋《ふた》を閉じた。

「はじめちょろちょろ中ぱっぱ、て感じで沸騰《ふっとう》したら水分飛ぶまで少し強めにお願いね。火の魔法さんや頼むよ」

そう言うと分かってもらえたのか、火の魔法もちゃんと弱火で米を炊《た》き出す。

今日は記念すべき異世界の初日なので、少し豪勢にA５ランクの牛肉様を購入した。作るのはガーリックショーユステーキだ。

軽く塩コショウしておいて、フライパンでガーリックをカリカリに炒《いた》めてから肉をミディアムレアな感じで焼いていく。ショーユは最後にちょいちょいっと。

魔法で火を出しているせいなのか、焦《こ》げもせず上手《うま》いこと火が通って美味《おい》しそうな匂いが漂《ただよ》ってくる。

（ああヨダレが出そう……）

付け合わせにバターコーン炒《いた》めと短冊切りにしたジャガイモに軽くショーユをまぶして炒《いた》め、豆腐とワカメのミソ汁も作った。

本当は、ステーキにはパンとポタージュとか洋風のがいいんだろう。だが、我が家ではパンはあまり食べず、ステーキはご飯のオカズという扱いだったのだ。

そうこうしているうちに、ご飯が上手《うま》いこと炊《た》けた。

「凄《すご》いよプルちゃん、魔法便利！　超便利！」

予め買っておいたミニテーブルに、ご飯やオカズを並べてゆく。

「……うん、まぁいいけど。魔法使いの苦労が台なしな感じだなー。使う本人がそれでいいなら、文句言うことじゃないとはいえ。――ところで、二人分あるみたいだけど、まさか俺様の分か？」

「そうだよ。トラちゃんは食べられないでしょ？　あれ、まさか妖精って食べないの？」

「うーん、人の食べるものは食べたことないな。基本食べなくても生きてくのに支障ないし。妖精の国では、たまに木になってる果実とかを食べてるけど。何人も転生者扱ってるが、俺らが飯を食うって認識ないみたいで勧められたことはない」

「そっか。じゃあちょっと食べてみてさ、ダメなら次回から作らないけど、大丈夫そうなら一緒に食べようよ。一人で食べても寂しいし」

「……それじゃ、試してみるかな」

いい匂いが辺りに立ちこめてきた頃からプルちゃんはステーキを気にしていた。だが、まさかくれとも言えず、知らんぷりを装《よそお》ってたらしい。彼はこれ幸いとテーブルにつく。

「いただきます」

「……いただ、きます？」

ガーリックショーユステーキは細かく切って出したので、プルちゃんは受け取ったフォークで一切れ刺して口に入れる。

そして、クワッ、と目を見開いた。

「ヤバい。このガーリックショーユ味？　の肉、劇的に旨《うま》いぞ」

「でしょう？　お肉とご飯を合わせて食べると美味《おい》しさが倍増するのよー」

「ミソ汁も少しくどくなった口の中をスッキリさせる味わいだな」

付け合わせのコーンやジャガイモの炒《いた》めたのも美味《おい》しいと、ガツガツ貪《むさぼ》る。

本当に食べたことがないのかしらプルちゃんは。勿体《もったい》ない。

彼がじっと空《から》になったお茶碗を見ていたので、私はお代わりをよそった。

プルちゃんが三杯目を平らげたところで、オカズも綺麗になくなる。

「いやあ旨《うま》いな、これ。人間はこんな旨《うま》いもの毎日食べてるのか」

「いやいや、こんな高い肉は滅多に食べられないよ。でもほら、異世界初日だし、少し気分的に上げないと。やっぱり美味《おい》しいもの食べるといい気分になるじゃない。美味《おい》しいものは作るのも食べるのも大好きなのよ」

私は笑ってお皿やお椀を片付け、水魔法で綺麗にしてからアイテムボックスへしまう。

「人間の食べ物は大丈夫そうだね。じゃ、デザートもいっとく？　ショートケーキとチョコレートケーキをさっき仕入れたから半分ずつにしようか」

「貰う。しかし飯を食べたばかりでよく食えるな」

スイーツは別腹ですよ、ほっほっほ、などと言いながら、私はマルチアイテムボックスからケーキを取り出す。

そして、スイーツは別腹というのは嘘じゃないな、とプルちゃんが呟《つぶや》いた。

□□□

「……ふわぁー、と」

翌日。

森の木の葉っぱの間から陽射しが顔に当たり、その眩《まぶ》しさで私は目が覚めた。

エアマットレスの上で伸びをして起き上がる。薄手の掛け布団をめくると、プルちゃんが腹を出して寝ていた。

（……妖精も寝るんだなぁ）

彼は暫《しばら》く、私に危険なことが起きないように助けてくれると言っていた気がする。

爆睡してて助けられるのかなあ、などと素朴な疑問が浮かぶが、寝てる間に魔物に食べられるのは嫌なので、一応自分で結界的なモノを張って寝たんだった。

まぁいいかと、私は食事の支度をするために立ち上がる。

歯磨きをし、顔を洗った。蛇口から水が出るイメージをすると、ちゃんと空中からちょろちょろ水が出るので嬉しい。

あれだわ、日本に住んでいた時のイメージでやればいいのね。

異世界の人達は楽に生活していていいなぁ。

そう思ったのだが、この世界で魔法を使える人間は圧倒的に少数であり、それも全属性使える人間など転生者くらいだということを後で知った。

だから、この世界でも普通は井戸から水を汲み、火を熾《おこ》すのも手作業でやるそうだ。

「おはよートラちゃん。またお願い」

それはともかく、ぽてぽて近寄ってきたトラちゃんの頭のボタンをポチッとして、私はネット通販画面を開く。

「朝はミソ汁と鮭焼いて、玉子焼きでいいか。あ、おにぎり用に海苔《のり》もいるよね」

ぽちぽちと必要な食材をゲットするとトラちゃんのお腹《なか》のデジタルがまた目減りした。

（……このままだとダメだわ。早くお金を稼ぐ方法探さないと。戸籍とかなくても、就職できるんだろうか）

昨日の残りのジャガイモでミソ汁を作り、鮭を焼きながら考える。

味つけ以外は魔法にほぼ助けてもらっているので、ボーッとフライパンの玉子焼きを見つめていた。

「……なんか旨《うま》そうな匂いがしてたから来てみれば。お嬢さんが何でこんな森の中に？」

そこへ、背後から声をかけてきた人がいる。

振り向くと、犬か狼なのか分からないが、頭にもふ耳がついた長めの茶髪、そして眩《まぶ》しいほどイケメンの獣人のお兄さんがニコニコ笑顔で立っていた。獣人さんてやっぱいるのね。

それにしても朝っぱらから眩《まぶ》しいわ。

獣人のイケメン兄さんは、軍人っぽい格好をしている。

それとなく聞いたところ、この国――サウザーリンの騎士団の方なのだそうだ。

転生早々に『バレるな危険』とシールがついているようなお役人様に出会うとは、これいかに。

まあとりあえずご飯もできたことだし、食べながらごまかす方法を考えよう。

「あの、朝ご飯を食べようとしていたのですが、よろしければご一緒にどうですか？」

「うん、いただけたら嬉しい。朝食べてなくてお腹空《なかす》いてたんだよね」

獣人のお兄さん（クラインという名前らしい）は、ひょいっとミニテーブルの前に座った。

向かい側に座るのやめて。笑顔が無駄に眩《まぶ》しすぎるから。少しは遠慮してくれてもいいんですよ。

まぁ、お腹空《なかす》かせている人の前で自分達だけ食べるとか、悪趣味なことはしませんけども。

プルちゃんも起きてきて、訝《いぶか》し気にクラインさんを見た。そのまま三人で食卓を囲む。

「いただきまーす」

「いただきます」

「……いただ……？」

「私の故郷のご飯への感謝のコトバです」

「そうなんだね。いただきます、と」

箸は使いづらいだろうとプルちゃんと同じく、クラインさんにもフォークを出す。

器《うつわ》がなかったので、ミソ汁以外は鮭と玉子焼きをワンプレートに載せてみた。

「……うわ、マジで美味《おい》しい！　こんな美味《おい》しいご飯初めて食べた。料理上手なんだね」

クラインさんは感動しているが、まともに作ったと言えるのはミソ汁と玉子焼きだけだ。

これで料理上手なら、この国のご飯レベルはかなりアレなんだろうか。そんな不安がよぎる。

プルちゃんが当然のようにお代わりを要求するのに便乗して、クラインさんも皿を出してきた。

プルちゃんも三杯飯、クラインさんに至っては四杯も食べやがりましたよ。

森から出る際のお弁当代わりにおにぎりを作ろうと、鮭を余分に焼き、ご飯も多めに炊《た》いていたので助かったものの、どうするかなお昼ご飯。

そう思いつつ、考えていた先ほどの言い訳を披露する。

「ド田舎《いなか》から仕事を探しに出てきたんですけど、道に迷って森で一晩過ごしまして。一緒にいるのは年の離れた弟なんです。トラちゃ――ぬいぐるみは弟のものです」

「あぁ、そうなんだ。よく魔物とかに襲われなかったねぇ、運がいいよ、本当に」

クラインさんが食後の麦茶を飲みながら、そう言う。

(……なんかこの人、疑うってことを知らないんだろうか)

道に迷って普通に朝飯作ってのんびり食っている遭難者が何処《どこ》にいる。

いや、実際に先行き見えない人生大遭難者だけども。

私も生前かなり騙《だま》されやすい人間ではあったが、ここまでひどくはなかったと思う。

「美味《おい》しかったご飯のお礼に、町まで案内するよ。仕事もギルドを訪ねたら何かあるかもしれない

から、そっちも連れていってあげる」

クラインさんは満腹になったせいか、満面の笑みで立ち上がる。よく見ると尻尾がパタパタしていた。

ご飯くれる人はいい人、みたいなもんかしら。

もしかするとこの世界の人はチョロ……もとい、素直ないい人ばかりなのかもしれない。

ちょっとモフモフさせてもらいたい気持ちはあったものの、仕事が見つかる前に痴女扱いで牢屋入り、長期のタダ働きコースは嫌なのでやめておいた。トラちゃんをモフるので我慢しておこう。

近場の町でコネになってくれそうだし、ここはお願いしようかな。

「すみませんお世話になります。ちょっと待っててくださいね。すぐ片付けますから」

この世界にもアイテムボックス持ちはいるとのことだったので、私はひょいひょいとテーブルなどを片付けた。

布団も出しっぱなしでしたわ。こりゃとんだ失礼を。

「へえ、結構な容量入るんだねぇ」

クラインさんが感心したように目を見張る。

「いやー、スッカラカンでしたから。アハハ」

いかん。アイテムボックスって、もっと入れられる物の量が少ないのかしら普通の方々のは。危ないわぁ、ちゃんと後でプルちゃんと話し合わないと。

「お待たせしました。それでは案内おねが――」

リュックもどきをたすき掛けにして振り向いた途端、ドンッ、という軽い衝撃音が耳元で響いた。

クラインさんが後ろの大木に右手を押しつけ、私の動きを封じている。

（……壁ドンは聞いたことあっても、木ドンはないなー。どっちにしても破壊力あるから、近寄らないでほしいんですけども）

「……で、本当のところはどうなの？　転生者のお・じょ・う・さ・ん？」

まさにニヤリ、と悪どい感じで微笑《ほほえ》んでいるクラインさんに、私の野性の勘が色んな意味でヤバいと告げた。

疑うことを知らず騙《だま》されていたのは、私だ。

背中からイヤな汗がつつー、と流れる。

「……な、なんで分かったので、で、でしょうか？」

「え？　いや、朝飯作るとこから見てたから。魔法をあんな使い方する奴、見たことないし。アイテムボックスの容量もド田舎《いなか》の子が持ってるレベルじゃないもんな。そんだけ容量あったら、仕事欲しいとか言う前にとっくに国からスカウトされてるよ。その上、弟とかのたまってた小僧からは半端《はんぱ》ない魔力のオーラが見えるしねぇ。妖精とかだろ多分」

素直ないい人だなんて、私が甘かった。それもただ飯まで食べさせるとは。

異世界生活が早々に暗礁《あんしょう》に乗り上げる。

「バレてしまったもんは仕方ないので認めますが、そのぅ、アレですか。私はアイテムボックスに入るだけの爆弾とか持ってどっかの戦闘地域とかに派遣されたりして、敵の本陣でちゅどーんと自爆するとか？　それともアレですかね。使えるとは言ってもですね、ショボい魔法しかまだ使えてないんでやれるか分からないですけど、実は悪いドラゴンとか魔王とかいたりして、勇者様のサポートとして『風よ〜大地よ〜天空の覇者よ〜』とかこっぱずかしい台詞《せりふ》で攻撃魔法放ったり、使えるか知りませんけど回復魔法とかかけたり、で勇者さまがやられそうになったら庇《かば》ってちゅどーんとか。いや、まさかアレですか？　スパイとかになって敵の国に侵入して、機密情報を片っ端からアイテムボックス詰め込んで持ち帰るとか、途中でバレて捕まりそうになったら拷問受ける前にちゅどーんと潔《いさぎよ》く――」

「どうして毎回ちゅどーん爆死ルートなんだ」

クラインさんはそう言ってプルちゃんのほうを見た。プルちゃんは顔を背《そむ》けて肩を震わせている。よく見ると、涙まで零《こぼ》しそうだ。

私は慌ててプルちゃんに抱き付いて謝った。

「あわわ、ごめんね早々にしくじって。でもプルちゃんは全然悪くないからね。泣かないで。プルちゃんとトラちゃんは助けてもらえるように一生懸命お願いするわ。もしかして転生者のしくじりって、担当の妖精のせいになって女神様に怒られる？　まさか死刑とかはないよね？　大丈夫、一番大きなちゅどーんで死に花咲かせるから、『転生者の暴走』とか、元々心を病《や》んでたとか、適当に報告すれば叱《しか》られないよ」

「……気に、気にするな」

プルちゃんはビブラートのかかった声で私の頭をぽんぽんと撫《な》でてくれる。

でもやはり責任を感じているのだろう、もう一方の手で尖《とが》った石を掴み、血が滲《にじ》むまで握りしめていた。

治癒魔法さんやー、プルちゃんの手を治してー。

そう願うと、流れ出ていた血が止まり、プルちゃんの掌《てのひら》の傷が塞《ふさ》がったので、私はホッとする。

「まったく。妖精がそんな簡単に死ぬわけないだろう。つうか、転生者だって、国力総出にしてもやられないくらいふざけた強さがあるんだから、爆死なんて勿体《もったい》ない死に方させない」

クラインさんが呆《あき》れたように私を見た。

転生者を見つけたら王室へ報告する義務があるので、最初はそのまま城に案内する予定だった、と説明してくれる。

転生者は五十年か百年に一度見つかるかどうかの超レアキャラだそうなのだ。だから見つけたらお願いして、力をほんの少し国のために役立てていただけたら幸い、程度がせいぜいらしい。

むしろ全力で役立とうとされると、国でももて余してしまうので、ホドホドにお願いしたいとのこと。

それを聞いて私はもう一度ホッとした。異世界に来て早々に死ななくても済みそうだ。

「それに、ハルカのことを王宮に報告しないであげてもいいんだが……」

そんなクラインさんの言葉に、プルちゃんを抱きしめて安堵《あんど》していた私は、ガバッと顔を上げる。

「……どっ、どうしたらいいんでしょうか？　プルちゃんとトラちゃんは関係ないので。私に利用されてただけですから。あ、でしたら国ではなくクラインさん個人の敵とかをちゅどーー――」

「だから、ちゅどーん要らないから。とりあえずだな、異世界の料理は旨《うま》いんで時々食べさせてほしい。それと、ちゃんと住む家も仕事も見つけてやるから、黙って勝手にどこかに行かないこと。隣国とか、かなり転生者に対してエグい対応をする国もあると聞いてるからな、多分この国で暮らしたほうがいいと思うぞ？　これが守れるなら、黙っておいてやるのもやぶさかではない」

「……ちゅど」

「しないでいい国。今はこの国、どことも割りと友好状態だし。やめろ無理に紛争起こさせるの」

それを聞いて、私は笑顔になった。

「やっぱりクラインさんイイ人だったんですねっ。ありがとうございます、ありがとうございます！　プルちゃん、トラちゃん首の皮繋がったよぅ。良かったねぇ、良かったねぇ」

「よ、良かったなハル、カ」

プルちゃんは相変わらず震え声でポンポンと私の背中を叩《たた》き、クラインさんは厳しい顔を見せつつも耳も尻尾もパタパタさせている。

そして私達は、近くの城下町リンダーベルへ向け出発するのであった。

□　□　□

サウザーリン王国の首都である城下町リンダーベルへ向かう道の途中、私はクラインさんから色々情報を仕入れることにした。

この国は周辺を緑に囲まれた自然豊かな国で、山には牧場が多く牛や豚などが放牧されており、ミルクやバターはあると教えてもらう。

近くの町に海もあるとのことで魚介類も豊富らしい。つまり食材は豊かな国のようだ。

（……ああ、海の幸……。やだ、ミルクやバターがあるならケーキも作れるじゃない！　女神様、食材豊富な地域に捨ててくれてありがとうございました！　女神様イイ人！　本当にイイ人！　これから仕事も見つけて、がんばって生きていきますね。目指せ天寿！）

ぱんぱん、と空に向かって拝《おが》む。

私が新しい生活に前向きになったところで、クラインさんがボソッと呟《つぶや》いた。

「……まずは家なんだけどな」

「はいっ！」

「異世界から来たばかりの人間に聞くのもアレだが、ハルカ、金はあるのか」

「……はうっ！」

トラちゃんには確かにお金が入っている。だが、この国のお金を出せるわけではないだろう。

念のためトラちゃんに聞いてみた。

「トラちゃん、今入ってるお金、少し戻せる？」

口からスロットみたいにお金が出てくるかも、と口元に手を持っていく。

トラちゃんはふるふると首を横に振り、にゅ、と自分の手（足？）を私の掌《てのひら》に乗せた。

肉球までリアルで、それどころではない状況なのに、モミモミしてしまう。

それを嫌がらないトラちゃんは力になれずすまない、と慰《なぐさ》めてくれているようだ。

「……うん。そんな気はしてたの。こっちこそ無茶言ってごめんね」

そこで私は、はっ、と思いついてプルちゃんを見る。

「プルちゃんはお金持ってる？　ほら一応私の守護者じゃない？　なんかあった時用に女神様から預かってたりとか？」

「俺、一応妖精だから、金の価値とか知らないし。使うことないから持ってないぞ。トラがいればそんな困らないと思ってたしな」

「だよねぇ……」

私はため息をつく。

「仕事するにも住所不定じゃ雇ってもらえないだろうなぁ……どうしよう……」

頭を抱えて道端にうずくまる私に、クラインさんが咳払《せきばら》いした。

「……コホン。あー、実は俺が管理を任されている普段は使ってない家がある。そんな大きくはないが、女性一人とちびデブと丸太ネコが暮らすくらいなら問題ないと思うので、暫《しばら》くそこにいたらどうだ？　家賃はまぁ、仕事決まって稼げるようになってからおいおいで構わない」

「ほ、本当ですか？　プルちゃん、野宿脱出だよ！　来て早々ホームレスになるかと思ったわ。トラちゃんも皆でお礼しよう。眩《まぶ》しい生き物よ去れ、とか思っててすいませんでした！　いやほんと、転生者とバレたのが天使のような人で良かったね」

私はペコペコと頭を下げる。けれど、言われた通りに頭を下げるトラちゃんを横目にプルちゃんはギンッ、とクラインさんを睨《にら》み付《つ》けた。

「誰がちびデブだ、コラ。愛らしいとか神々《こうごう》しいとか逢えたことが生涯の幸せとか、誉め言葉のバーゲンセールしか味わったことがねぇ妖精界のスーパーアイドル、プル様に楯突《たてつ》こうってか。伊達《だて》に数百年も生きてないんだぞ、オラ。涙を流して土下座するような拷問四十八手試そうか、あぁん？」

「え～数百年も生きててちびデブぐらいで怒るとか、沸点低すぎな～い？　困ってる女性に寝る場所提供しようとしただけなのに～。感謝こそすれ罵倒《ばとう》とか、意味分かんない～。女神様の代弁者みたいなこと言ってるくせに、そんな品性のない罵詈雑言《ばりぞうごん》とか信仰心薄れるぅ。そうやってプル様があちこちで信仰心篤い若者を脅《おど》しちゃってぇ、こんな妖精がついてる女神とかろくでもなくね？とか言われ出して？　女神様お怒りで、プル様呼び出しになったりとかぁ？　いや別に俺は全然困らないけどお。聞き間違いかもしれないからもう一回、何て言ったか聞いてもいいかな～？」

「……いや、とても感謝している」

「だよね？　聞き間違いだよねぇ。もうびっくりしたぁ。誤解を招きやすい物言いは気をつけたほうがいいんじゃないかなぁ」

ヘラヘラとプルちゃんに笑いかけるクラインさんの眼差《まなざ》しは、絶対零度の鋭さを見せていた。

リンダーベルに到着すると、クラインさんがこぢんまりとした居心地の良さそうな一軒の家に案内してくれた。

六畳くらいの広さのベッドルームが二つと、バス、トイレ。プルちゃんやトラちゃんとの暮らしには充分すぎるサイズだし、広めのリビングダイニングキッチンがついているのが嬉しい。

早速、蛇口をひねってみると、水が出た。お風呂はちゃんとお湯も出る。

改装して風呂に金をかけているので、定期的に蛇口に魔力を充填《じゅうてん》することでお湯が出せる仕様なのだそうだ。充填《じゅうてん》する専門の人というのがいるらしい。電気屋さんとか水道屋さんみたいなものか。

クラインさんは意外にお坊っちゃんなのかもしれない。

今まで毎日シャワーかお風呂には入っていた私は、ほっとした。

キッチンは薪《まき》を使う造りになっていたけれど、薪《まき》は消耗品だし普段は魔法でお願いしよう。

とりあえず風魔法でホコリやらゴミやらを開け放った窓から掃き出し、水魔法を使って水拭きのイメージでしゃかしゃか綺麗にする。

「本当に便利だわぁ」

魔法にうっとりしつつお茶の用意をしていた私は、クラインさんとプルちゃんがこちらを見ながら小声でぼそぼそと話しているのには気づかなかった。

「……なんかさ、ちょっと変わってるなハルカって。転生者って初めて会ったけど、もしかして皆あんな感じか」

「いや激レア。俺も初めて会うタイプ。大抵はだな、『マジで異世界？　パネェ～。勇者レベルの超強い武器と攻撃魔法も超強いのお願いね。ヒャッハー魔王はよ、魔王』だの、『一生涯遊んで暮らせるお金と大豪邸ねー。あと格好良くて素敵な旦那様もー』とか、まぁ良くも悪くもドリーマーな感じの奴が多い。少なくとも働いて地道に稼ごうとか、身分保証どうなってんだろとか、仕事決まらなかったらどうしようとか悩むのは一人もいなかった」

「なー。だって強力な潜在能力だか貰っているんだろう？　それ使えば、正直好き放題できるんじゃないのか？　貴族の中には転生者のパトロンになりたい奴が腐るほどいるだろうし」

「まぁ転生してくる人間にそこまで極悪非道なのは、元々いないんだけどな。少しおバカなのがいるだけで、根は素直なのが多い。転生者であることを『はあそうですか』とまるっと疑わないからな。むしろ少しぐらい疑えよ、と言いたくなる。異世界に対しての適応力っつうか、ムダに精神的な受け入れ体制だけは完璧なの。まあメンタル強くないと、鬱々《うつうつ》してストレスためて死んじゃうとかあるし、転生させた甲斐《かい》がなくなる」

「あー、確かにハルカにもムダに順応力を感じる。元の世界にはハルカと同じ種族しか存在しないと聞いているのに、獣人を見ても全く動じなかったしな」

「……ところで、いつまでハルカに隠しとくつもりだ？」

「何をかなー？」

「白々しい……ま、話したくなきゃいいけど。ハルカに害が出るようなら話は別だぞ」

ひとところおり室内が綺麗になったとこでプルちゃんとクラインさんを見ると、仲良さそうに話をしていた。

男同士は打ち解けるの早いのね、やっぱり。

「プルちゃんもクラインさんも、まずはお茶とおやつでも食べてひと休みしましょ。後でギルドに連れてってもらわないとね。まだお昼前だし」

私はトラちゃんから買ったお菓子をテーブルに載せる。

今度は和風と思って出したどら焼きを、プルちゃんはやたら気に入ったらしい。ウマウマ言いながら二つ目を黙々と食べている。

一方、クラインさんは煎茶《せんちゃ》を飲みつつ、尋ねてきた。

「ところでハルカはどんな仕事がしたいんだ？」

「それなんですよねえ。突出した才能とかないですしねえ。裁縫、あ、お針子で分かります？　服とか縫う人。そういうのも得意なわけじゃないし、かといって夜のお仕事も私のように地味で洒落《しゃれ》た会話のできない人には難易度が高いですしね。事務職……書類書いたり帳簿つけたりとかはできますけど、需要ありますかね？　まずは無難に農業の手伝いとか雑用、そういったとこから探してみようかと。荷物運びとかそういうのでも割りと頑丈にできてるのでいけるかもしれません」

そう答えると、「ハルカ、チート持ちで突出した才能ないとか、この国の全国民に謝れ」とプルちゃんに叱《しか》られてしまう。

「ギルドは基本的に仕事の斡旋《あっせん》はするけど、主に冒険者として薬草採りに行ったり、魔物退治したりして報酬を得る依頼が多いんだよ。店とかで働くのは家族や知人の紹介が殆《ほとん》どだし、ハルカが行ってすぐ仕事をくれとかは無理だと思う」

「……そうですか。じゃ、冒険者として薬草採りとか簡単そうな依頼をこなして小金を稼ぐしかないですね。そんでもって、ギルドの人と顔見知りから徐々に友だちまで仲良し度をステップアップして、できそうな仕事を紹介してもらう、と」

仕事はそう簡単には見つかるもんでもないか、と私はため息をつく。

両親を高校生の時に亡くして以降、バイトの切れ目が己の死に目に直結だった私には、「無職、ダメ、絶対」というルールがある。

自分の生活を自分で面倒見るのが当たり前。本来は、クラインさんの家の提供も受けたくなかったのだ。

だが、ここは異世界。申し訳ないがお世話にならないと職探しすら覚束《おぼつか》ない。早く定期収入の道を得て、家賃を払わなくては。

恩は早めに返さないといけない。

ふと一瞬、冒険者というのは定職になるのだろうかと考えたが、毎回依頼が達成できるわけじゃないだろうし、ただ働きになることもありそうな上に、怪我でもしたら暫《しばら》く働けなくなってしまう。季節労働者みたいなものだ。

家賃も払えず追い出される――住所不定無職という、犯罪絡みのニュースでよく出てくる単語がよぎり、ふるふると手が震えた。

怖い。無職怖い。

――いけない、いけない。

母さんがいつも言っていた。「よく働いて、美味《おい》しいもの食べて、よく寝てを繰り返してたら、大概のことは何とかなるもんよ」と。

それじゃ早速、働かねば。

私はプルちゃんにお留守番を任せ、クラインさんを急《せ》かしてギルドへ向かうのだった。

□□□

リンダーベルのギルドは、城下町にあるということもあり、サウザーリン王国で一番の規模だそうな。町にはそれほど多くない二階建ての建物になっている。

私がクラインさんと中に入ると、数人の冒険者がいた。

混雑時ではないせいか、のんびり情報交換をしているようだ。

一階には依頼の紙がペタペタ貼られた掲示板があり、その横に受付のカウンターがあった。

二階は個別の商談をするための個室が幾《いく》つかとギルドマスターの部屋、それと依頼達成の際の商品確認や、達成報酬などを受け取る大きめの倉庫兼保管部屋があると、受付の可愛いお姉さん（普通の人族だった）が説明してくれる。

「……王国内ではなく、隣国の小さな村から出てきてギルド利用は初めて、と。あー、それですとまず、私どもの所でギルドカードを作っていただくことになりますね。依頼を受けたり買い取りをしたりとか、全部、カードがないとできないですからね。なくさないよう大切にしてください」

ミリアンと呼ばれていたその色っぽいお姉さんは、とても親切にしてくれた。

身分証明書代わりにもなると言われたギルドカードに、私は名前を刻印していただく。

「マミヤ　ハルカ　さんね。……よしっと」

戸籍とかどうすんだとちょっと悩んでたのがバカみたいなくらい、あっさりとギルドカードを受け取る。そこには、『ハルカ　マミヤ　リンダーベル所属　ルーキー』と書いてあった。

（ハルカは　みぶんを　てにいれた！　しょくさがしに　ひとつ　ぶきができた！）

などと、ロールプレイングゲームのレベルアップ音が聞こえてきそうだなと思いつつ、ミリアンさんに尋ねる。

「それで、初心者でもできそうな依頼はありますでしょうか？」

「えーとね、今残ってるのでハルカさんにもできそうなのは、『ビラビラ茸×十』か『ピリピリ草×七』かしらね。近くの森の入り口近くに結構生えてるわよ。まぁ報酬は安いけどね」

ドラン、というのが通貨の単位のようだ。

十ドランでパンが一つ買えるくらいだとクラインさんが耳打ちしてくれた。日本円で百円程度ですかね。

報酬を聞くとビラビラ茸が二百ドラン、ピリピリ草が四百ドランだ。

両方とも薬の材料だそうだが、どんな薬になるのかは教えてもらえなかった。二つ合わせても日本円で六千円か。

早く慣れとかないといけないしお金も欲しいしで、二つとも受ける。

今日一日で完了できれば日当としてはまぁそこそこ。

今日は現地の食料品も買いたい。だって、食べてみないと野菜とか肉とか、どんな味するか分からないもんね。

クラインさんが草の説明がてらその近くの森まで案内してくれると言うので、私は有り難くてくてくと歩を進めたのだった。

転生者としてポイ捨てされていたこの森に再度入ることになるとは、ご縁がある。まあ、私が捨てられたのはもっと奥地だったけど。

さて、陽射しが翳《かげ》るまで数時間はありそうだ。

腕時計なんかないのでマイ腹時計で判断するしかないが、いつもかなりの精度なので問題ない。

一時間ほどうろちょろしていると、思ったより容易にピリピリ草が見つかった。同じ依頼が出た時用にアイテムボックスへ入れて時間経過なしにしておけば、一粒で二度美味《おい》しい。

私は多めに収穫して、いそいそとアイテムボックスに入れる。

ただ、もう一つのビラビラ茸がなかなか見つからない。

「普段は邪魔なくらい群生してたりするんだけど。おかしいなぁ、もう少し先まで探してみるか？」

クラインさんが私を見た。

「そうですね。せっかく来たからもうちょっと粘ってみたいです。もう少し付き合っていただけるんですか？」

「いや、それは構わないんだけどな……」

なんか森がさっきから静かすぎるんだよ、と彼は呟《つぶや》く。

確かに鳥のさえずりが全く聞こえない。

この静けさは異常な気がする。そう思って周りを見ると、素晴らしいものを見つけた。

「ああっ、クラインさんブドウありましたよ、ブドウ！　沢山《たくさん》持って帰ってジュースにしましょう！　原価タダで百パーセント果汁のドリンクとか贅沢《ぜいたく》～♪」

私は一粒食べて、鼻歌まじりにさっさかそのブドウの実をもいだ。地面に山盛りになるが、アイテムボックスに入れてしまえば重くもないし楽勝だ。

「ハルカ、陽も落ちるし魔物が出たら面倒だから、そろそろ――後ろだっ！」

その時、クラインさんが叫び、咄嗟《とっさ》に剣を抜き身構えた。

私の背後の茂みから、魔物がザザッと草を掻き分け襲いかかってきたのだ。後で聞いたところによると、それはBランクの魔物、オーガキングだった。

「逃げろハルカ！　後は俺が何とかするからっ」

「え？　イヤです！　せっかく摘んだブドウを置いてくなんて、キャッチ&イートのポリシーに反します」

「そんなこと言ってる場合かぁぁっ！　そいつ凶暴だか――」

ら、とクラインさんが告げようとした瞬間、私の願いが通じたのか、オーガキングが立ち止まる。

そして、よろめくように膝から崩れ落ちた。

クラインさんが不思議そうな顔になる。

「……あれ？　なんか、思ったより弱かったですね。私ビビりなんで、血を見たくなかったし、心臓発作でも起こしてくれるよう魔法でお願いしてみましたが、効いてくれたみたいですね？　人のブドウを踏み潰そうなんて、バチが当たって当然です！　おー、死んでる死んでる」

私はオーガキングを覗《のぞ》き込《こ》んだ。

うわ、怖い顔してるなー。

「……いや、ハルカ、これな、Bランクだぞ？　討伐依頼とか関係ないと思って掲示板の内容細かく見てなかったけど、確かオーガキングはかなりの討伐報酬が出るはずだ」

「え、……本当ですか！　やっほーい♪　アイテムボックスに入れて持って帰りましょう。是非《ぜひ》とも是非《ぜひ》とも、ええ！　……ところで、オーガキングは食べられますかね？」

「……え？　食べられる？　てか食べるのか？　食べられるかどうかなんて、魔物倒すのに普通気にする？」

クラインさんは、目を見開いた。

私は何を当たり前のことを言ってるんだと呆《あき》れる。

「私さっき言いましたよね？『キャッチ＆イート』って？　よっぽど猛毒でもあるとか、病気になるとか、死ぬほどマズイとかの事情があれば別ですが、これだけのお肉が美味《おい》しくいただけるのであれば、生活費も浮きますし、舌も喜びます。ＷＩＮＷＩＮなのです。今回は襲ってきたので不可抗力ではありますが、基本的に食べるつもりでなければ無意味な殺生はしません！　そもそも勇者とか軍人さんでも、お仕事でなければやたらに殺生なんてしないでしょう？」

「うん。むやみやたらに戦っても勝てないからね、オーガキングは。と言うか、戦う前に大概逃げるからね。言ってること至極まっとうっぽいけど、心臓発作を起こさせるとか、やってることは相当デタラメだからね？　Ｂランク一撃で殺すとか本当に規格外だからね？　少しは自覚してね？」

私はこんこんとクラインさんに説教された。

「今回はたまたまですよ。たまたま上手《うま》くいっただけです」

そう答えると、彼はため息をつく。

「ギルドにはもっともらしい言い訳を考えないと。うっかりすると早々に転生者であることがバレかねないだろうが、まったく」

いかん、それはマズイわ。

私はギルドへの言い訳を相談すべくクラインさんに近寄っていった。


チリン、とドアベルが鳴り、私はクラインさんとギルドに足を踏み入れた。

「あらハルカさん、どうしたの？　まだ依頼受けてから三時間しか経ってないじゃない。忘れ物でもした？　それとも二ついっぺんにはやっぱり厳しかったかしら？　いいのよぉ、小さなことからコツコツと、って誰かも言ってたし、慣れるまでは一つずつ片付けましょうよ」

遅めの昼食なのか、奥のテーブルでパンを食べていたミリアンさんが受付に戻ってくる。

「いえあのぉ、ピリピリ草は採ってきましたけど、ビラビラ茸はまだでして……すみません」

「まあハルカさん頑張ったわね！　いいのよ、ビラビラ茸はまだ期日が先じゃない。じゃ、二階の倉庫に案内しなきゃね♪」

彼女はぱあっと笑顔になりポンッと手を胸の前で合わせると、私達を二階の倉庫兼保管部屋まで案内してくれた（鑑定もそこでやるらしい）。

ミリアンさんがノックして保管部屋に入る。中には三十歳前後だろうか、ドーベルマン風の尖《とが》ったケモ耳の男性がいた。

漆黒《しっこく》の長い髪を後ろで一つにまとめた、褐色《かっしょく》の肌の、また無駄にきらびやかで目鼻立ちの整ったイケメンだ。ここにも獣人さんが。

獣人さんというのはＤＮＡ的に美男美女が生まれやすいのだろうか。いや、ミリアンさんは人間でも美人だ。

この獣人さんも昼ご飯なのか、具材を挟んだパンをもきゅもきゅ噛んでいる。

（……なんかこの国、眩《まぶ》しい生き物が多すぎるなあ）

私は少し頭が痛くなった。

（天国のお父さんお母さん、大丈夫だから。顔面偏差値の高いイケメンが何人転がってようが、私は堅実で心優しい人と結婚して、平凡でも安定した暮らしをするからね）

「あれ？　ボス、どうしてこちらに？」

獣人さんを見たミリアンさんが目を丸くする。

「んー、ドミトリーがな、奥さんの具合悪いとかで帰ったから代わりに」

「あー、すぐ熱がぶり返すとか言ってましたものねぇ。……あ、初仕事の買い取りのお客様です」

「はいよ」

お茶持ってきますね、とミリアンさんが下がったのと入れ替わりに、黒髪のイケメンが受け取りカウンターにやってきた。

ケルヴィンと名乗ったその若いギルドマスターは、最後の一口ほど残ったパンを頬張り、カウンターのパンくずをささっと払う。

「さて、初仕事というと薬草とかですか？」

「はい、ピリピリ草です」

私はアイテムボックスから出したピリピリ草をカウンターに載せた。

「アイテムボックス持ちですか、女性では珍しいですねえ」

「あ、ええそうなんです。私の田舎《いなか》では割りといるんですけど」

「……ひいふぅみぃ、と。はい確かに。それじゃ完了報酬四百ドランです」

ケルヴィンさんは品物を木箱に丁寧にしまうと、私に報酬を渡す。初のお仕事収入である。

私は報酬の受取人のサインをしつつ、上目遣いに彼を見た。

「あのぉ、それで、実はもう一つ買い取りをお願いしたいものがあってですね……」

「ん？　いいですよ。何ですか？」

さっきのパンが喉に引っ掛かってイガイガするな、と言って紅茶を飲んでいたケルヴィンさんに、私はさっき覚えたばかりの名前を口にする。

「オーガキングなんですが」

ぶほっっ！　げほげほげほっ！

ケルヴィンさんが紅茶を噴き出し、目の前の私にシャワーのように降りかけた。髪の毛や顔にパンくずまでついてしまう。

「あだだだ目がー、目がー、すみませんがタオルをー」

私は手で顔を覆《おお》い、ケルヴィンさんは丁度《ちょうど》お茶を運んできたミリアンさんに急いでタオルを持ってくるよう伝える。

「申し訳ない！　ちょっと聞き間違えて……オーガですよね？」

少し離れたところに立っていたクラインさんがそっとケルヴィンさんの耳元で「オーガ、キ・ン・グ」と囁《ささや》いた。

ケルヴィンさんに詳しい経緯をと言われ、私は茸と薬草を探してる時に襲われそうになったのだと説明する。

「私もこんな城下町の近くの森の中で、まさかオーガキングが出るとは思いませんでしたから……いえ勿論《もちろん》逃げようとしたんですが、怖くて腰が抜けて動けなくなったのです。私の様子に気づいたクライン様がサッと石を投げて注意を逸《そ》らしてくれまして（死後に）。まぁ石攻撃でどうにかなる魔物ではないと思いましたけど、とにかく必死で私も距離を取って石を投げまくりました、ええ（死後に）。クライン様も剣で応戦してくださって（死後に）。流石《さすが》にオーガキングですし、もしかしたら今日で死ぬかも、と思って諦めかけたのですが、なぜか急に胸元を押さえて倒れまして。もしかすると心臓の発作みたいな感じだったんじゃないかと。九死に一生とはこのことかと女神様に感謝いたしました。もう本当に怖かったです」

若干棒読みにはなったが、怯《おび》えているからこその魂《たましい》の抜け具合とでも思ってもらえることを期待したい。私にそこまでの演技力はないのだ。

「せっかく女神様が助けてくださったことですし、アイテムボックス持ちでもあったので、持ち帰ったんです」

「まっ、なんて強運なの、ハルカさんったら！　助かって良かったわねぇ」

ミリアンさんが震えながら私を抱き締めた。いい人で良心が痛む。

「……ほぅ。まぁそれはそれは。助かって良かったと言うか超ラッキーと言うか……。とりあえずここでは何だから、魔物の処理場のほうで見せてもらえますか」

ケルヴィンさんが奥の扉を開いて私達を処理場に案内する。そこで私が出したオーガキングを細部まで確認した。

「……確かに大きな致命傷もない綺麗な状態ですね。毛皮も高く売れそうだ」

ケルヴィンさんも五年ぶりに見たとのことで、傷の少ないオーガキングに感動しているようだ。

「……ところで肉は食べ――」

「あのっ！　解体したりして骨とか皮とか取った後は、肉はどうするんですか？　まさか食べられませんよねえ、オーガキング？」

私を遮《さえぎ》るようにクラインさんがケルヴィンさんに問いかける。

「いや、当然食べられますよ。昔ですが冒険者だった時のパーティで一度だけ倒したことがあって、皆で食べたんです。いやぁ本当に蕩《とろ》けるような肉質でとても美味《おい》しいんですよ。煮ても焼いてもイケます。その時は冬だったので塩味のシチューを作ったんですが、もう細胞の隅々までうまぁいと叫んでいるような……すみません、何か思い出したらヨダレが。ま、滅多に出回らないから市場価格も高額ですし、手に入りづらいんです。ここ五、六年は見てなかったですし、もし売られたとしても、貴族か王室に真っ先に買われてしまいますね。仕留めた冒険者も戦いで傷《いた》んだ武器や防具の新調のために、泣く泣く売ることが多いですし」

「あ、食べられるんですね？　じゃ解体していただいて、売らずに持ち帰るのは可能ですか？」

「勿論《もちろん》。ただ、結構な量になりますから、今日明日食べる分くらいにして、残りは売ったほうが良いのでは？　涼しくなってきたとはいえ、まだ傷《いた》みやすい時期ですし」

「いえっ全――」

「そうですよねー？　ハルカもビギナーズラックでたまったま！　大物をゲットしたとはいえ、冷蔵機能がついたマジックアイテムを買えるほど贅沢《ぜいたく》できる身分ではないですし、ルーキーになりたてのほやほやですしね！　これからのために武器や防具を少しでもグレードアップしたほうが良いですよね！　でも、お世話になった人達にも女神様の加護のおすそ分けをしたいと、さっきハルカが言ってたので、もし十キロくらいあれば大変有り難いかと。な、な、な？」

「……キャッチ＆――」

「ええ、それで良いと言ってます！」

うーうー泣きながら首を横に振る私の肩を「そーかそーか言葉も出ないか。泣け泣け。これからは今まで以上に女神様に感謝しないとバチが当たるなあ」と言って、クラインさんがぽんぽんと叩《たた》く。

お肉ううう。

「信仰心篤い方なんですねえ」

ケルヴィンさんは貰い泣きしているけど、違うの。違うのよ！

「それじゃ、オーガキングの討伐報酬と、解体した後の肉十キロ以外は骨も含め全部売るということでいいですか？　急いでうちの者に解体させますが、一時間はかかるかと……」

「大丈夫です。市場で野菜とかも買う予定あるので、改めて来ます」

「そうですか。じゃ、後程」

「はいありがとうございます」


「――お前なぁ、時間経過のないアイテムボックスなんて持ってる奴いないんだからな。何度も言ってるように、気をつけろ。どの顔して全部持ち帰るとか言うつもりだった？　ああ？」

ギルドを出た後、市場へ向かう道を少しはずれ、公園のベンチに私を正座させたクラインさんは説教を始めた。

私は零れる涙を拭《ぬぐ》いながら、平謝りする。

「……でぼ～、ギルドマズダがヨダレ出るぐらいの肉どぎいで耐えられなぐなっでぇ」

「まず鼻をかめ！　ハルカの食い意地が筋金入りなのは分かったが、もしこんなお前の不注意な言動で転生者とバレてみろ？　この国はまだ平和なほうだからいいが、好戦的な国の人間にバレたらどうなると思う？」

「……ちゅどーん？」

「そうだ。ちゅどーんだぞ。悪どい国なら反魂《はんごん》のネックレスとかつけさせて、死んでは蘇《よみがえ》らせ、死んでは蘇《よみがえ》らせでエンドレスちゅどーんかもしれないんだぞ？　世界は広いし、まだこれから未知の美味《うま》いものが沢山《たくさん》見つかるかもしれないのに、オーガキングの肉ごとき、一時の感情に押し流されてどうする？」

「エンドレスちゅどーん……」

早々に涙は収まり、私はクラインさんから貰った鼻紙で鼻をかんだ。

「クラインさん、私目が覚めました！　目的が天寿全うなのに死に急ぐところでした！　これからは心を入れ替えて美味《おい》しい物に出会うため、目立たず騒がず生きていきたいと思います！」

「そうだ、その意気で頑張れ！」

「はい！　とりあえず今夜はオーガキング祭りを開催したいので、是非《ぜひ》とも市場へ食材を仕入れに行きましょう！　あ、クラインさんも参加されますよね？」

「あ、ああ」

元気良くベンチから立ち上がった私は、「オーガ～♪　キング～♪　シチュー～が良いかな、ステーキどぉだ～♪　すき焼きだって～いっけるかも～♪」などと自作の歌を口ずさみながら歩き出す。

「……なんて手間のかかる……子供かお前は」

クラインさんが呆《あき》れたように呟《つぶや》き、追いかけてくるのであった。

リンダーベルの市場は夕飯の買い物をする人で賑わいを見せていた。

「パパリン貝、ママリン貝今朝獲れたてだよー」

「オーク肉はどうだ〜今ならこの一塊《ひとかたまり》たったの三十ドランだよ〜」

「新鮮なレタ―シュで今晩はサラダでもどうだー？」

私は目を輝かせて市場の呼び込みの声に耳をすます。

（ああ、母さんと行った築地《つきじ》市場を思い出すわ……）

母さんも父さんも、それはそれは食いしん坊だった。

給料日には祭り、誕生日も祭り、週末も祭り、夏休みも祭り、テストの点が良かったといっては祭り、とにかく何かと理由をつけては美味《おい》しいものを作ったり食べたりしていたのだ。

家は金持ちではない一般的な中流家庭だったので、安くて美味《おい》しい食材を手に入れるために、遠くの市場のセールに両親と一緒に出かけたり、限定十食、家族連れ不可の近江牛《おうみうし》ミラクルローストビーフ丼を食べるために、赤の他人の振りをして店に行ったりもした。

あれは確かにミラクルな味だった。

某有名ホテルのスイーツ食べ放題も、イチゴのミルフィーユが目眩《めまい》のするほど美味《おい》しかった。食べすぎて母さんと二人で腹を壊し、丸一日まともに食事ができなかったことも……家族の美しいメモリーのつもりが、ただの意地汚い家族の食いしん坊自慢になっている。

改めて、私はパパリン貝、ママリン貝と言っていた売り場を覗《のぞ》く。そこにはホタテとアサリに似た貝が山盛りになっていた。

焼いたものが隣で売っていたので一つ買って味見すると、見たまんまホタテとアサリの味だ。

一山三十ドランだったのを、どっちも買うからと五十ドランに負けてもらう。

クラインさんが荷物を持ってくれたので、ついでにジャガイモやらピーマン、玉ねぎ風の野菜なども幾《いく》つか購入した。だってネット通販の半額以下だったんだもの。

名前は若干違っていても、大概見た通りっぽいし、お試しということで。

トラちゃんから買っても良いのだが、やはり若干高いし、食べて問題ないならこっちで買える食材はなるべくこちらで間に合わせたい。

そして、今日を祭りとするならば、少しだけお酒があるといいかも。

父さんも母さんも酒にはとても弱くて、イベント的な時にはお子様シャンパンみたいなのを楽しんでいたものの、普段の食事時には飲まなかった。

血筋なのか私もあまり強くはないので、市場で試飲させてもらった飲みやすいお手頃価格のワインを一本だけ購入する。

四百ドラン持っていたお金は、一気に八十ドランまで減ってしまった。

……いや、祭りだし。

飲食についてはケチケチしてはいけないのだ。

オーガキングがどのくらいになるか分からないが、ピリピリ草よりは高いだろうし、何日分かの生活費にはなるでしょ。

また明日も頑張って、ビラビラ茸を探せば報酬が出る。

ギルドのミリアンさんは優しいし、これからもっと仲良くなって友だちまでいけば、安定した仕事を紹介してもらえるかもしれない。

フッフッフ。一年後には普通に町に溶け込んで、仕事しながら生きているに違いないぞ。市場にも顔見知りのおっちゃんおばちゃんとかができて、野菜や肉を負けてもらったり。

などと私がこの先の生活を色々ドリームしていると、クラインさんがそろそろギルドに戻る時間だと教えてくれる。そこで、気持ちを切り替えた。

ギルドで用事を済ませ、早く帰って、オーガキング祭りの支度をせねば。


「――お待ちしてましたよ、ハルカさんにクラインさん！　……例のアレ、終わりましたので二階へどうぞ」

ギルドに戻ると、ギルマスのケルヴィンさんがやってきて、小声で告げた。

仕事を終えた冒険者達で混雑していたため、騒ぎになるといけないとの配慮だろう。

二階へ案内されて、先ほどの倉庫兼保管部屋に通される。

「あ、その辺に座っててちょっと待っててくださいね」

そう言って、ケルヴィンさんが処理場のほうへ行き、ハトロン紙のような茶色の紙に包まれた塊《かたまり》を二つと麻袋一つを持って戻ってきた。

「はい、じゃこれがオーガキングの肉です。五キロずつ分けてありますからね。で、討伐報酬が五万ドランと、肉とか牙、皮などの買い取り代金が併《あわ》せて六万二千ドラン、合計十一万二千ドランになります」

「十一万……？」

私は最初に言われた金額が頭に入らず、狼狽《うろた》えた。

まてまて、あれ、えーと、パンが十ドランで百円くらいで、百ドランが千円、千ドランが一万円……あーなんだ、丸が一つ増えるんだわ。そうそう。

で、十一万ドランに丸が増えて百十万円か。

もう、計算もできないなんて、幼稚園児じゃあるまいし。

……百十万円？

「嘘だ……」

そこで震えが止まらなくなる。

あんなポロッと死んでくれた魔物を売り飛ばしただけで百十万……その上、極上肉十キロ。

まさか。まさかまさか。

これは、能天気に受け取ったりするとえらいことに。

「……ハルカさん？」

「けけけ、ケルヴィンさま、伺いたいことが」

「はい？　何でしょう」

「正直にお願いします。……私はこの後、殺されるんでしょうか？」

「『いや何でだ？』」

涙目の私に、ケルヴィンさんとクラインさんの同時ツッコミが入る。

「でっ、でも私の世……国では、ずっとカツカツの生活してた家族とかが急にレストランでご馳走《ちそう》食べたり、好きなもの買いなってお小遣いどーんと貰ったり、欲しかったぬいぐるみ買ってもらえたり、経験したことのない豪華な温泉旅行をしたりすると、一家心中オープンリーチと決まってるのです！　ええ、そらもう間違いなく死にますとも！　私のようなぽっと出のルーキー冒険者が、女神様の奇跡がたまたま起きたからといって、そんないきなり見たこともない大金貰ったり最高級のお肉貰ったりとか、盗人《ぬすっと》に追《お》い銭《せん》、猫に小判……いや何か違う、ともかくもう死亡フラグしか見えないじゃないですかっ！」

せめてオーガキングを食べてからぁぁ、いやそれより死にたくないよおお、と壁の隅っこで座り込み、私はおいおい泣き出す。

それを見たケルヴィンさんがクラインさんに尋ねる。

「あの……早口すぎてよく聞き取れないとこもあったけど、なんか勝手に私が悪徳詐欺師みたいに言われてる気がするんですけどね」

「……いや、ハルカの家はかなり辺鄙《へんぴ》な村にあって、とても貧乏だったと聞いています。色々悪い人間に騙《だま》されたりもしたみたいですし、自分にそんないいことが起きるというのが中々信じられないのかもしれません。呑気そうに見えますが、かなりの修羅場をくぐり抜けてるんです、彼女も。」

優しくしてくれたおじさんが実は奴隷商で、うっかり売り飛ばされそうになったりとか」

「そうですか……不憫《ふびん》な子なんですね……」

ないことないこと適当に話を作りつつ、クラインさんが言い訳していく。

「ほらハルカ、だからさっき言ったじゃないか。オーガキングはBランクで五、六人のパーティでやっと倒せる魔物なんだって。六人で倒した場合、一人二万ドランにもならないくらいだし、回復アイテムを補充したり武器直したりとかで結構な経費がかかるんだよ。だからそのくらいは貰わないと割りに合わない。むしろ、僕らみたいにパーティでもなく『たまたま二人』でいた時に『たまたま武器もろくに傷《いた》まず』『たまたま回復アイテムも使わずに』倒れてくれただけだから。経費が大してかからないという『女神様の加護』が起きただけで、別に金奪って殺そうとかないから。ギルドは信用第一なんだ。失礼なことを言っちゃいけないよ」

クラインさんの話で涙は収まったものの、私の警戒心は消えない。

「……本当に殺され」

「ないよ」

「……絶対売られ」

「ないよ」

「……お金も奪われ」

「ないってば。ほら、早く貰うもの貰って帰らないと、プルがお腹空《なかす》かせて待ってると思うよ」

忘れてた、と私は慌てて立ち上がる。

「すみませんケルヴィンさん。私は田舎者《いなかもの》なので、都会へ行ったら気をつけろと近所のおじさんおばさんにまで口を酸っぱくして言われてまして、動揺しました。本当に申し訳ございませんです」

「大丈夫大丈夫。でもギルドはそんな悪さはしないですからね。次回から信用してね」

ケルヴィンさんは何だか生暖かい眼差《まなざ》しで私を許してくれた。

解《げ》せぬ。でもプルちゃんが待っているし、とお金と肉を受け取り、まだ若干怯《おび》えつつも現在の我が家へ戻るのであった。

□□□

「……ハルカ、遅い」

案の定、私達が家に戻ると、プルちゃんが静かに激おこだった。

私はスライディング土下座をする。

「大っ変申し訳ございませんでした！　ですがっ、極上のお肉を手に入れまして、今夜はそれを美味《お》味《い》しく頂くための祭りを開催するので、お許しください！」

「極上……昨日のＡ５だかより旨《うま》いのか？」

「この町の眩《まぶ》しいギルドマスター様が想像するだけでヨダレを垂れ流していた逸品！　ワタクシも初めての実食ですが、かなり期待をしても宜《よろ》しいかと。これから腕によりをかけてより美味《おい》しくなるよう精魂込めますので、是非《ぜひ》ともご期待をばっ」

「分かった。許そうではないか。だがハルカよ」

「フッフッフ、分かっておりますす分かっておりますよ。『別腹』もご所望ですね。ワタクシとプル様との仲ではございませぬか。ここは市販のモノではなく、ハルカ印のオリジナルスイーツをどーんとお納めいただければ、と」

「……ふむ。お主も悪よのぅ」

「いえいえプル様こそ」

「ワッハッハッハ」

「ホッホッホッホッ」

「なんだその小芝居？」

クラインさんが静かに突っ込んだ。しかし、そんなことに水を差されはしない。

異世界の食事で美味《おい》しいモノの魅力に開眼したプルちゃんと、元々美味《おい》しいモノにはノーガード主義の私は、昨日出会ったばかりとは思えないほど親密さを増している。

「それではプルちゃんもクラインさんも寛《くつろ》いでお待ちくださいまし。パパッと作って参りますんで、ええ」

私は肉と野菜を入れた袋をガシッと掴むと、衝立《ついたて》の奥のキッチンへ向かった。

「……何だかハルカがご機嫌だな。いいことでもあったのか？」

プルがリビングのソファーに寝転がったクラインの傍《そば》まで行く。

「んー、一家心中を疑うくらいには良いことがあった」

「なんで一家心中レベルで良いことになるんだ」

そこでクラインが簡単に事情を説明する。

「……くそお、そんな面白い展開になるとは。ハルカから目を離してると色々見逃してしまうじゃないか。次からは俺も絶対ついてくからな！」

「……いや、でも確かハルカは、プルは数日だけ一緒にいて様子見したら帰るって言ってたぞ。帰るまでに楽しいことが起きるかは約束できんな。ところで、いつ頃帰るんだ？」

「いや、当分帰らないことにした。どうせ戻っても書類仕事だの雑用だの面倒なことばっかだし、旨《うま》いご飯もない。別腹もない。ハルカもいない。何年か休暇取ってもいいだろ。もう何百年も休みなしなんだから。この先の何十年か思い出し笑いで楽しく生きるためには必要なことなんだ！　タダ働きなんだし、文句言われたら労働条件の改善を求める！」

プルはキリッとした顔で言い切った。

「……ああ、そう。より良い労働環境を求める社会的弱者みたいなこと言ってるけど、妖精だからな、お前」

そのいっそ清々《すがすが》しいサボりの正当化宣言を、クラインが適当にあしらう。

暫《しばら》くすると、何か……何か恐ろしいまでの美味《おい》しそうな匂いがリビングまで押し寄せてきた。

「……今俺に神が降りてきた。予言しよう。俺は食べ終わる前にお代わりを頼むと！」

プルはヨダレを拭《ぬぐ》いもせずに呟《つぶや》く。

「俺も宣言しよう。二杯でお代わりを止められる自信など欠片《かけら》もないと！」

「オーガ♪」

「キング♪」

「オーガ♪」

「キング♪」

既《すで》に祭りは始まろうとしていた。


「──お待たせいたしました！　祭りの下準備はバッチリです」

そう言いつつもどっと疲れている私を見て、プルちゃんが慌てた。

「ど、どうしたハルカ？　作るの大変なら手伝ったのに」

「……いやね、作るのは大好きなんだけど、もう作ってるそばからいい匂いが止まらなくて。でも皆と一緒に味わいたいし、ベースのスープとか野菜とか肉以外の味見だけしたら、既《すで》にエキスが染み込んでて震えが止まらなくなるほど美味《おい》しかったの。やべえちくしょうこのまま食べてしまいたい、でも味見レベルで終わるはずがない、と身悶《みもだ》えしながら何とか耐えきったのよ。隣にすっごい好きな女の子が寝ているベッドで手も出せずに悶々《もんもん》と我慢する男の気持ちが今なら心から共感できる。もう拷問よ拷問。理性崩壊のカウントダウンが始まってたと思うわ。何も考えないように作業マシーンと化して自分史上最速で料理を終わらせたのよ」

本当に危なかった、ヤバかった……そう思いながら、私は二人の手をガシッと掴む。

「もう私の我慢は限界なの。早く来てちょうだい」

聞きようによってはえらいことになりそうな台詞《せりふ》を吐き、物凄《ものすご》い勢いでテーブルまで彼らを拉《ら》致《ち》る。

オーガキングのクリームシチュー。

オーガキングのカルパッチョ。

オーガキングとパパリン貝とママリン貝のパエリア。

オーガキングのステーキ和風大根おろし添え。

テーブルにつくと芳《かんば》しい匂いが、殆《ほとん》ど無差別テロレベルまではね上がる。

「……大変だったな、ハルカ」

この苦行を耐え抜いた私にクラインさんが感動したように告げたが、そんなことはもうどうでもいい。早く食べたい。

「と、とりあえず祭りだから、乾杯しましょう」

私は震える手でワインをクラインさんとプルちゃんに注いだ。

「オーガキング祭りに」

「乾杯」」

チン、と三人でグラスを合わせ、思い思いの料理に手をつける。

「う……」

「「「……うまあああーーーっい！」」」

料理中とは別の意味で体の震えが止まらない。

「やだ何これっ、シチューを口の中に入れた途端になくなるくらいお肉が柔らかいのに、味はずーっと感じるの！　美味《おい》しい美味《おい》しいもっとくれと体が叫ぶのよっ」

「カルパッチョなんか生の部分があるからもっと強烈だぞ。ニンニクの香りと表面だけ炙《あぶ》ったオーガキングの肉がまた絶妙だ！　長い間生きてきたが、こんな衝撃を受ける美味《おい》しい魔物がいたとは！　……まずい。冷静になろうとしてパエリア食ったら、肉とパパリン貝とママリン貝の旨味《うまみ》が飯に全部染み込んでて、これ自体をオカズにご飯が食べられる。飯を、飯をくれぇぇぇ」

「オーガキングのステーキはな、もう神の奇跡だ。大根おろしとショーユがまたいい具合にサシの入った肉をあっさりと食べさせてくれるんだ。何なんだ、毛穴という毛穴がぶわぁあっと開くようなこの震えるほどの喜びは。オーガキングごときとか言ってすみませんでしたぁぁぁ。オーガキング様と呼ばせてください。ダメだ、こんな旨《うま》いものを食べてしまったら、俺の舌ランクがだだ上がりして明日から家で食べるものに我慢ができるのだろうか……」

私達三人は話しながらも、フォークやスプーンを止められない。

食べられないトラちゃんが食べ続ける三人のお代わりを持って来てくれたり、ワインを注いだり、汚れた皿を片付けたりとマメに働いてくれている。

体が汚れないようネット通販で子供用のフリフリのエプロンを買ってあげたので、トラちゃんの見た目はネコカフェにいる着ぐるみのメイドのようである。

既《すで》に一杯のワインで顔を熱くしている私と同様、プルちゃんとクラインさんもさほど酒に強くないらしい。やたらとテンションが上がってきた私達は立ち上がり、「オーガ♪」「キング♪」「オーガ♪」「キング♪」とテーブルの回りをぐるぐる周り、オーガキング様を讃《たた》える。

その後、満足するまで食べまくり、オーガキング様の踏みつぶし攻撃から自分で守ったブドウで作ったタルトを食べ、香り高いネットお取り寄せの紅茶を飲む。そんな風に上がりきったテンションのクールダウンをしていった。

「あんなゴツい体と顔のくせに、卑怯だったわ、あのお肉……残ったカレー用とデミグラスソースのシチュー用……あのエキスが全て堪能《たんのう》できるように処理してアイテムボックスに入れとこ。ああローストビーフ風にしてサンドイッチに挟むのもいいわね～」

「オーガキング様の料理の話はやめてくれ……今夜はタルトで打ち止めだ。むしろ作られたら食えてしまいそう、いや絶対食うに決まっているが、死ぬまで食い続ける危険は冒せん」

クラインさんはそう言って立ち上がると、帰り支度を始めた。

「――あ、思い出した。明日の昼頃に自分のとこまで来てくれと、ケルヴィンさんが言ってたぞ。何かギルドカードの件て言ってたな」

「はあ、そうですか？　何だろな」

私は首を捻《ひね》った。

「……明日の話はともかく、定職探すまで暫《しばら》くは冒険者として働くんだろ？」

「そうですねえ。幾《いく》ら大金を手に入れたとしても、遊び暮らしてたらなくなりますし。無職、ダメ、絶対」

それで思い出した私は麻袋を一つ抱えて戻ってくる。

「クラインさんの分の報酬、五万六千ドランです」

「いいや、俺は要らないぞ？　倒したのはハルカだし」

「うえ？　そんなこと言われても困るんですけど……あ！　ここの家賃てお幾《いく》らなんですかね？　相場がよく分からないもんで」

「うーん、確かこの周辺の同じくらいの間取りで相場が三～四千ドランかなぁ？」

「日本円で三、四万円？　安っ！　じゃ、ここはお湯とかも出るようなお金かかってる作りですし、五千ドランということで、敷金二ヶ月分礼金二ヶ月分、前家賃、で二万五千ドラン、この先何があるか分からないので半年分の家賃の先払いで三万ドラン、紹介料千ドランで計五万六千ドラン、受け取ってください。もし仕事の関係で引っ越しとかになるとしても、先払いでお渡しした分は返していただかなくて構いません」

「食い意地は張ってるクセに、こういうとこ律儀だなハルカは」

クラインさんはふっ、と微笑《ほほえ》むと麻袋を受け取った。

「確かに。明日領収書持ってくるからな。……ところで、明日は状況次第でギルドマスターを味方に引き込まないといけないかもしれない。アレを使ってサンドイッチを多めに、それと今日のシチューの残りもあれば用意しておいてもらえるか？」

「それは構いませんが……？」

「じゃ頼むぞ。それじゃまた明日」

そして笑顔で帰っていく。

「なんだろね？　プルちゃん。ちょっと不安な予感がするんだけど」

「よく分からないが、明日は俺も絶対行くから。そんでなハルカ、悪いがトラに頼んで、こっちの子供みたいな地味めの服装を一つ二つ用意してくれないか？　表に出るのに今の服だと、妖精オーラがだだ漏れだからな」

（……いや、気にするほどオーラ見えないのだけども）

私はぼんやりとそう思ったが、否定するのもアレなので、片付け終わってエプロンを器用に畳んでいたトラちゃんを呼ぶのであった。

□□□

サウザーリンは本日も快晴である。

「ハルカ〜起きてるか〜？」

そんなクラインさんの声が聞こえ、家の呼び鈴が鳴った。

「ふぁぁい……クラインさんお早うございます」

私は欠伸《あくび》をこらえて扉を開ける。

「ああ、お早う……ってハルカ、おまっ、お前なんて格好をしてんだっ！」

するとクラインさんが顔を真っ赤にして慌てて扉を閉め、私を叱《しか》りつけた。

「何って……Tシャツと短パンですが、何か？　パジャマじゃないですよ、ちゃんと着替えてます。私は家では大体こんな感じで――」

「朝っぱらからそっ、そんな卑猥《ひわい》な格好で歩き回るな！　さっさと着替えてこーいっ！」

「卑猥《ひわい》って言われましても……チチ丸出しとか、ヘソ丸出しとかでもないのに……」

ぶつぶつ言いながらも私は着替えにいく。

サウザーリンでは基本的に女性はくるぶしまでのロングスカートが多く、仕事の関係でパンツを穿くことがあってもキュロットのような足のラインが出にくいものを着用しているという。そのためナマ足というのは、この国の男性にとってほぼ裸同然の破壊力らしい。

ワシャワシャと眠そうに歯磨きをしているプルちゃんを見つけると、クラインさんは急いで歩み寄る。そして、何やらプルちゃんにも説教するのであった。

それに構わず、着替えて戻ってきた私は、手早く朝ご飯の用意をして皆で食べる。

今日はミソ汁とご飯に漬物、サンマの塩焼きだ。

「オーガキング様もいいけど、こういうアッサリしたご飯も美味《おい》しいな」

「まあ幾《いく》ら美味《おい》しくても朝っぱらからあの濃厚さは日本人にはキツいわよ」

「……あ、ところでハルカ。昨夜頼んだサンドイッチはどうした？」

クラインさんがサンマの細かい骨と格闘しながら聞いてきた。

「昨夜クラインさんが帰られてから作りましたよ。オーガキング様は満腹感ある時に調理しないと本当に危険なんで、色々と。満腹でも結構危険でしたけど。ついでにカレーとかデミグラスのシチューとか、ローストオーガキング様とか、サイコロステーキとか、残ってた肉をバンバン使ってストック用の料理も作ってアイテムボックスに保管しました」

調理に慣れたお蔭か、空間魔法で匂いが広がらないようにすることもできるようになりましたよ。

そう自慢した私を眺めたクラインさんが、「つくづく勿体《もったい》ない全属性持ちだ……」と遠い目をして呆《あき》れる。

「じゃ、昨日の依頼のビラビラ茸を森に収穫に行ってから、ギルドに向かうからな」

「分かりました」

クラインさんと支度を終えて家を出ようとしたところ、リンダーベルの町で遊んでいる子供みたいな格好のプルちゃんがやってきた。

「妖精の神々《こうごう》しさも神秘的なオーラも目立たない、完璧な変装だろ？　俺もついてく。ハルカが心配だし」

「前から神々《こうごう》しさとか神秘的なオーラとか全く感じたことはないが、大人しくしてるならついてきてもいいぞ」

「素直じゃないなー。アレか？　強力なイケメンをディスって蹴落としたい、みたいな男ゴコロってヤツか？　心が狭いねえ」

「若づくりのジジイに何を言われても痛くも痒《かゆ》くもないが、そろそろ出よう。すぐ見つかるか分からないしな」

「おい誰が若づくりのジジイだ、小僧！　表に出ろ！」

「トシ取ると耳まで遠くなるんだな。最初から出かけるって言ってるだろ。森へいーきーまーすーよーおじいちゃーん。聞こえたかほら出ろ」

扉を閉めて、三人で歩き出しても、まだクラインさんとプルちゃんは喧嘩《けんか》をしている。

「クライン、お前な、敬《うやま》うって言葉知ってるか？」

「勿論《もちろん》敬《うやま》ってますよ、節度ある態度の大人のジジイなら。耳も遠いわ沸点低いわ若づくりだわ食い意地張ってるわじゃ敬《うやま》えるか。おじいちゃーん、もうご飯食べたでしょー？」

「だからボケ老人扱いすんなぁっ！」

「女神様のとこも深刻な人材不足なんだな。こんなご老体にムチ打って働かせずとも、中身も外身もぴちぴちした若手がいるだろうに。引退しろ引退。……あ、そこ木の根っこが出てるから転ぶなよ」

「だから外側は老《ふ》けないのっ、ピッチピチなのっ！　いぶし銀のベテランの頭脳明晰《めいせき》さと手腕が求められてんだから、ほっとけ！　……ああ、すまんありがと」

わーわー言いながら歩いていく二人を見ていると、兄弟ができたようで嬉しい。

何だかんだ言いつつ仲良しよね、あの二人って。

両親が亡くなってからご飯も独りで食べるのが当たり前だったので、ここ数日はとても賑やかで楽しい。この穏やかな生活が暫《しばら》く続きますように、と私は天国の両親に手を合わせるのだった。

今日はすんなりビラビラ茸を収穫して、昼前にはリンダーベルのギルドに戻ってきた。

扉を開けると、近くで書類仕事をしていたケルヴィンさんが出迎えてくる。

「ああハルカさん！　クラインさんもお待ちしてましたよ。……おや、この子は？」

彼はプルちゃんを見下ろして言った。

「私の弟です。二人暮らしなのであまり独りにしておくのも可哀想で連れてきちゃいました。すみません」

「弟さんですか。いえいえこちらこそお姉さんにはお世話になっております。私の部屋でお話ししますのでどうぞ」

ギルドマスターのケルヴィンさんの部屋は、木目調の家具類を配置した落ち着いた造りのものだった。

お茶を運んできたミリアンさんに、私はアイテムボックスに保管していたブドウのタルトを渡す。

彼女にもあげようと多めに作っておいたのだ。

「お世話になったので宜《よろ》しければ召し上がってください」

「まぁ、ハルカが作ったの？　やだ嬉しいわぁ！　早速昼食の後に頂くわね」

彼女に笑顔でぎゅうっと抱きしめられる。

よし、呼び捨てになったぞ。私もそうしよう。親しさランクが上がった気がする。

私の『コネをつけて早く就職先を見つけようキャンペーン』は、絶賛継続中だ。

「ミリアンそれ美味《おい》しそ――」

「あげませんからね？　ハルカがアタシのために作ってくれたお菓子ですから」

ケルヴィンさんからタルトを隠すように抱えたミリアンは、そそくさと出ていった。暫《しばら》く未練がましい眼差《まなざ》しで扉を見つめていたケルヴィンさんは、ハッと仕事中であることに気づいたのか、私に向き直る。

「今日はハルカさんに嬉しいお知らせがあってですね。昨日Bランクのオーガキングの討伐と肉や皮、牙や骨などの武器防具の素材を売っていただいたので、貢献度を加味して、ハルカさんの冒険者ランクが今日付けでCランクに上がりました！」

「ええ？　……いやっ、でもアレは」

「ええ、たまたま運が良く死んだのもあって、ハルカさんもクラインさんもラッキーでしたが、それを上に報告したところ、そうしろと。やはりルーキーが討伐したというのは外聞が悪いと言うか、何かギルドと裏取引でもあったんじゃないかと、痛くもない腹を探られないとも限りませんからね。最低限頑張ってBランクの魔物を倒せるレベルに上げざるを得ないんですよ。もしクラインさんも冒険者登録されるなら、すぐCランクで登録できますが」

「いや私は必要ありません。ただハルカもいきなりCランクに上げられてもハードル上がりすぎて困るのでは、と」

クラインさんが眉をひそめた。

そうなのだ。彼と道中話していたのは、正にこのことだったのである。

冒険者のランクはルーキー、F、E、D、C、B、A、S、SSランクとあるのだが、Dランクまでは別にどうということはない。

が、Cランク以上は国からの討伐依頼、収集依頼が優先的に回ってきてしまう。その上、『合同依頼』というのもあるらしい。その名の通り、力を併《あわ》せて複数のパーティで依頼を完了しなくてはならないものだ。

ただでさえ私は転生者であることを隠すために神経を使わないといけない。より人の目に触れる機会が増えるのは勘弁してほしかった。

ましてや国からの依頼なんて、転生者だとバレたら王宮、国王にすぐ情報が流れる。幾《いく》ら平和な国とはいえ、かむばっくちゅどーんもないとはいえないではないか。

「アレがあれば何とかなるだろう。まあ任せておけ」

クラインさんはそう言って笑みを浮かべていたが、本当に大丈夫なんだろうか。

ケルヴィンさんからCランクになると何が変わるかについて細かく説明された私は、だんだん状況を把握し涙目になった。やはりクラインさんの言う通りだ。

「お役人さまっ、私はそんな大層なランクに上がるだけの戦闘スキルがございません！　せめて一つ上げたFとかEランクとかで充分でございます。お願いします、お願いします。Cとかほんとやめてください！」

驚いた顔のケルヴィンさんに構わず、私は額《ひたい》を床に擦《こす》り付《つ》けるようにペコペコ土下座する。

「お役人さまって、ちょっと何？　うわわわ止めてください、ハルカさんっ！　ちょっ、えっ？　普通喜びませんか？　国からの依頼なんて冒険者として食いっぱぐれがなくなるし、ランク上がったら報酬も上がるんですよっ？　ほらオデコ赤くなってますから、やめてくださいってば！」

アワアワしながらケルヴィンさんが私を必死に止めた。

そこでクラインさんが立ち上がり、ケルヴィンさんの傍《そば》に向かう。

「ねえ、クラインさんもハルカさんを止めてくださいよっ。ちょっと弟さんも何、他人事みたいな顔をしてお茶うけをつまんでるんですかっ」

「……実は、これには深ぁ～い事情があるんです」

「……はい？」

クラインさんは計画通りケルヴィンさんの耳元で小声で告げた。

ギルマスは絶対に味方に付けたほうがいいというので、私は全部クラインさんにお任せしている。

彼は絶対に参謀タイプだ。

「……ハルカは実は転生者なんです」

「え？　転生者ってあの、異世界から何十年かに一度現れるって言う？」

「しいっ！　声が大きい！　そうです。何しろ滅多に現れることがないですから、王宮への報告が義務付けされているのはご存知かと思いますが」

「あぁすみません！　勿論《もちろん》知ってます。え？　まだ報告してないんですか？」

「ええ。なぜ転生者を早めに保護するべく色んな国が動くか分かりますか？」

「え？　いや……」

「異世界からの転生者は、チートという、一般的な民には持ち得ない特殊な力を持っています。それこそ一国が壊滅的被害を被《こうむ》る魔法が使える場合もあるのです（ハルカは料理にしか使ってないけど）。そしてこのちんちくりんのガキに見える御方《おんかた》は、実は齢《よわい》三百年を超えるクソジジ……守護妖精なのです！」

「こ、このお方がっ？　言われてみれば神々《こうごう》しいオーラがっ……」

「(ねえよそんなもん）――でしょう？　こんな守護妖精までついて、大魔導士ばりの魔力、そんなのが隣国とか別の国に行かれたら、どうなります？」

「……そらまあ、えらいことになりますよね」

クラインさんはしたり顔になる。

「そうなんですよ。ですから、俺はまず彼女にこの国が住みやすい国であり、町の人もフレンドリーで居心地が良いというアピールをしてから、王宮に連れていくべきだと考えているんです」

「他所《よそ》の国よりウチのほうがいいじゃん、ユーずっとここにいなよ、みたいなことですか？」

「そうです、流石《さすが》ギルドマスターは話が早い。ですから、できるだけ転生者であることがバレないよう、のんびり暮らしてもらいたいと考えているのが一つ。あともう一つ、もっと大事なことがあります」

「……もっと大事なこと、ですか？」

ケルヴィンさんは、そこでゴクッと喉を鳴らした。

「ええ。ハルカが住んでいた国は、大変食文化が発展しておりましてね。調味料も香辛料も素晴らしいんです。そういう国で暮らしていたので、ハルカはグルメですし料理も上手《うま》い。いやもうびっくりするぐらい美味《うま》い。昨夜など、オーガキングの料理で魂《たましい》が震えるほどの美食を作ってくれました。ですから、本音を言うと、王宮にすぐ報告してしまうのは勿体《もったい》ない。国はハルカに料理を作ってほしいわけではないでしょう？　彼女は作るのも食べるのも大好きですし、なるべく好きなことをする時間を作ってあげたいと思うのが、親しい友人として当然かと。まぁ別に他国に行かないようにしてれば、国としても問題はないでしょうし。これからこの国の食文化レベルをぐーんと上げるかもしれない壮大な計画もあるのですよ。ケルヴィンさん、貴方も美味《お い》しいモノには目がない方と見込んでお願いします。ハルカの味方になってくださいませんか？」

勿論《もちろん》そんな計画なんてない。だが状況によりそれもアリかと私は思っていた。こちらでも日本にある調味料や香辛料などが作れるならば、国中に料理の革命を起こせる可能性はある。

何しろ、この国では「塩」「砂糖」「蜂蜜《はちみつ》」「コショウ」しかないのだ。

バターはあるが、お菓子やパンに使うくらいで、肉や魚料理などに使うことはない。

素材の旨味《うまみ》を生かしているので決してマズイとかではないのだが、物足りない。

ショーユ、ミソ、うーん何から取りかかるべきかなあ。いや、その前に、その旨《うま》さを広く知らしめないと売れないだろうし。などと、ケルヴィンさんのことを忘れて考え込んでいると、「……クラインさん」とケルヴィンさんが思い詰めたような顔でクラインさんを見つめた。

「転生者としてより、まずは一人の人間として彼女を助けたい、という貴方の意見には賛成です。ただ、国の食文化のレベルが変わるほど、と言われると、それを確認したいと願うのが当然かと思うんですが……何か検証できるものはお持ちですか？」

「本音プリーズ」

「味方になってほしければ、まず食べさせてください」

「いやあ、ケルヴィンさんとは腹を割ったお付き合いをしたかったので有り難いですね。勿論《もちろん》、そう思ってランチをお持ちしましたので、ご一緒に食――」

「ちょっと待ったあーっ！」

その時、ミリアンがお茶のお代わりを載せたトレイを持ったまま、部屋に飛び込んできた。扉をきっちり閉めると、私に向き直る。

「ハルカ、貴女《あなた》転生者だったの？」

「あわわ、ミリアンさん、すみませんがもっと小さな声で」

動揺した私は、機械仕掛けの人形みたいな動きになった。

「大丈夫よ、ここ完全防音だから」

「「「じゃあなんで今の会話の内容を知ってる」」」

部屋にいた全員からの突っ込みに、彼女は「盗聴器が仕掛けられてるからに決まってるでしょ」とあっさり白状した。

だが、別にミリアンが仕掛けたわけではなく、先代のギルドマスターが何度か揉《も》め事に巻き込まれた後で、お客様との会話を事務室で聞けるようにセットしたのだという。

客がごねそうだったり不穏な気配を感じたらすぐ対処するために。

「ああ、そういえば、着任後に聞いたな、それ」

「でしょう？」

「でも合図はしてない」

「……だってハルカが可愛いから、ボスが悪さしそうになったら殴りに行こうかと思って……」

「なんて優しい……」

私は思わず呟《つぶや》く。それを聞いていたプルがソファから下りて、しゃがみこんだ。

「バッチこーい、本音バッチこーい」

「……何か変わってて面白いからハルカ。楽しいことが聞けるかなあって。えへ♪」

「人間正直が一番だな」

「……私のどこが面白いんですか。ただの小心者の食いしん坊なだけですよ」

「面白いっていうのはフィーリングなのよ！　ソウルが響き合うって感じね！　このアタシの感性にグイグイ来るのよ、ハルカって」

ミリアンはぎゅうぎゅう私を抱き締める。

「苦しいですー、チチに挟まれて呼吸ができませーん」

私は彼女の腕をタップした。クラインさんがぺりぺりっと彼女の腕を引《ひ》き剥《は》がしてくれる。

「聞かれたのなら仕方ない。ミリアンさんも味方になっていただけますか？」

「あんな美味《おい》しいタルト、食べたことなかったわ。勿論《もちろん》味方にはなるけど、アタシもランチ所望。ボスだけに食べさせるなんて許さない」

「目が怖いよ、ミリアン。少しは遠慮しなさい。それにデザートを食べたんなら、もうランチは済んでるんじゃ――」

「あまりに美味《おい》しそうで先につまんだら止まらなくなってタルトは食べ切ったけど、ランチはまだ。スイーツは別腹よ」

「何だか会う人会う人が美味《おい》しいモノを愛する人で嬉しいです。あの、良かったらお友だちになってもらえますか、ミリアン？」

「勿論《もちろん》よ。もう友だちじゃない！」

きゃいきゃいする私達を、プル達が生暖かい目で見つめている。

「あの……そろそろランチを……」

そう言ったケルヴィンさんに促《うなが》され、私達もお腹《なか》が減っていたのを思い出した。

「ハルカ、例のアレ出してくれ」

「あ、はいはい。大量に作りましたから、ミリアンも沢山《たくさん》食べてくださいね」

私はアイテムボックスを広げる。

「ローストオーガキング様サンドですよー。あとオーガキングエキスたっぷりのミネストローネもどうぞー」

昨日の今日でだいぶ耐性ができていた私やプルちゃん、クラインさんと違い、ケルヴィンさんは数年ぶり、ミリアンは初めてのオーガキング様の美味《おい》しさに衝撃を受け、身悶《みもだ》えした。

「やだ、何これ。マスタードとちょい甘のタレがオーガキング様とスペシャルコラボ。もういつ死んでもいい……いや、まだ生きるわ！　お代わりハルカ」

「僕が美味《おい》味しいと思っていた、あのオーガキング様と別人……いやあの時も勿論《もちろん》もの凄《すご》く美味《おい》しかったんだけど、このサンドイッチの濃厚な肉の旨味《うまみ》といい、ミネストローネの野菜に染み込んだオーガキング様の旨味《うまみ》といい、その波状攻撃に足が生まれたての仔犬みたいに震えが止まりません。あ、ハルカさん、僕はスープもお代わりで」

「お前らあんまり食うな。俺達の分が減る」

プルちゃんもガツガツとサンドイッチを頬張り、スープのカップを私に渡してくる。

「あんた達、昨夜山ほど食べたんならそっちこそ遠慮しなさいよ。アタシ達はハルカの味方なのよっ」

「そうだそうだっ、ハルカさんのために僕は美味《おい》しい魔物の討伐をメインに回すことに決めました！　Aランクもいますけど大丈夫ですよね？　今ある依頼とかなら、ブラックテイルドラゴンていうのがあります。この肉がまた美味《おい》しいらしくて。パーティ内で奪い合いが起きるほどだって話なんですよ。興味出まくりでしょう？　ね？　ね？　本当は合同依頼なんですけど、シャイで他のパーティと組めないとか言っときますので。またうっかり女神様のご加護があって、大して戦わずに勝手に倒れたとかにしとけば安心。……でも毎回女神様使うのも不自然ですかねえ。あ、もし何なら僕は元Sランク冒険者ですから、大切な友だちを助けるためということで、付き添います。大丈夫大丈夫。お代わりお願いします」

「ドラゴンって。ちっとも大丈夫な気がしないんですが……ちょっと聞いてますケルヴィンさん？」

私はお代わりマシーンとなる四人に代わる代わるスープを出したりサンドイッチを渡したりしつつ自分も食べるという、高度なテクニックを披露した。

「ハルカ、アタシが一緒に行ってあげるわ。アタシも元Bランクだし、一年前まで現役だったのよ。残念だけどボスには仕事が山積みだからね。あれよね？　野外でバーベキューしながらドラゴン炙《あぶ》るのもオツよね？　あ、スープちょうだい」

「待てミリアン、何勝手に、自分だけドラゴンパーティに参加する話をしている。休みなどやらん！」

「あら、休みじゃないわよ。仕事でしょ、討伐は。し、ご、と。ちょっと友だちのために一肌脱いで現役復帰するだけよ」

「ともかく、僕が行かないなら書類にハンコはやらん！」

「やだー大人げなぁい。ハルカぁ、同性がいたほうが安心よねえ？」

「……まぁ、それはそうですけど、そもそもドラゴ――」

「ほら♪　ボスは男だしぃ、男ばかりのパーティは危ないじゃないの。ま、性別変えてから出直してきてねボス。今回は、ハルカはアタシに任せて」

「むむむっ、正論だが腹立たしい。減給」

「ふざけんなドラゴン食べたいだけのくせに。権力者の横暴を許すなー」

私はぼんやりスープを飲みつつ、彼らのバトルを眺める。

秘密を知ってても味方になって黙っててくれるお友だちもできたし、もう少ししたら仕事の紹介をお願いできるといいなー、などと無職回避へ希望を繋げるのであった。

2　目指せ！　美味《おい》しい国

リンダーベルで生活するようになって三週間が経った。

私の冒険者ランクはリンダーベルのギルドマスターであるケルヴィンさんが上に働きかけ、ギリギリ国からの依頼を受けなくていいDランクに留めてくれている。

ギルド統括本部には、「経験の浅いルーキーをいきなりCランクにして、もし国の依頼をこなせなかったら、リンダーベルの冒険者ランク格付けの信用問題になる」「彼女も運でなく実力をつけてからにしたいと断ったので、これからの成長を見守りたい」とか言ってくれたようだ。まぁ正論だし、サラッと話は済んだと聞いている。

人を都合のいいように丸め込むのは割りと冒険者時代から得意だったらしい。ケルヴィンさんはかなりできる人。

「ちょっと前まではねぇ、サボりたがりで『やれと言われてからができる人』だったんだけど、今はほら、お楽しみがあるから、『やれと言われる前にできる人』にフルモデルチェンジしたみたい」

とはミリアンの言。

現在、だいぶ気心も知れて仲良くなったこの二人は、週に二回以上、【ハルカを守る会】会合兼打ち合わせと称して、うちに夜ご飯と別腹を食べに来ていた。

毎回美味《おい》しいご飯を食べさせてもらって申し訳ないからと、会費という名目の食費も納めてくれている。クラインさんも同様に払っているし、まあ皆様、結構召し上がりますしね。美味《おい》しいと言ってくれるだけで嬉しいけど、お金はありがたく頂いておきます。生活費大事。ナムナム。

初の会合の時に、ケルヴィンさんが毎日でも来たいとごねていたのだが、プルちゃんが一言、「家族でもないのに毎晩飯食いに来るな。作る側だって気を遣うだろうが」と一喝してくれ、ミリアンまで「そうよ！　大体毎日人の家に通えるって、逆にいいトシしてどんだけ暇なのよ」と呆《あき》れたせいで中止となった。

「……いいトシってまだ二十八だし。冒険者を引退してからの趣味が庭いじりと食べることだけなんだもん」

と、耳をぺたんと倒して部屋の隅っこでうずくまっていたケルヴィンさんを、「若々しさが皆《かい》無《む》」とクラインさんがバッサリ切り捨て、プルちゃんも頷《うなず》き、「今度からお前のコードネームは『ご隠居』だ」と決めた。

特に反対意見は出ない。ケルヴィンさん、超凹《へこ》んでいた。

ちなみに、この会合ではコードネームを使うことになっている。

私は『シェフ』（もっとカッコいい名前にしたいとごねたが、名前負けすると皆に却下された）、ミリアンは『不二子《ふじこ》』（『セクシーでダイナマイトボディはこれしかない』という私の熱烈な希望）、クラインさんは『策士』（皆の希望。拒否権なし）、プルちゃんは『どら焼き』（本人の希望）である。

トラちゃんも何か付けてほしそうにソワソワしていたので、『タイガー』（キジトラだから）と付けてあげた。とても気に入ったようで、前からやってくれている掃除や洗濯などをしながら、サッと扉の後ろに隠れたまま半身だけ出してそーっとこちらを覗《のぞ》いていたり、音もなく扉を開くようになったり、庭でカカシを作ってナイフやフォークを投げる練習をしている。可愛いので黙っているが、いきなりホフク前進を始めようとした時は慌てて止めた。

ネット通販が使えなくなったら大ダメージである。

「タイガーは今のタイガーのままでいいんだから怪我するような危ないことはしないでね」

そう言うと、コクコクと頷《うなず》いたのでホッとしたが、今度はうちのお手伝いさんとして毎週末にあげている給料（お小遣い程度）を使ったのか、町で黒い布地を買ってきた。

「……ん？」

何をするのだろうかとこっそり様子を見ていると、トラちゃんはチクチクと針と糸を器用に使い、自分用のマントと目元を隠すマスクを作り上げていた。

マスクをつけ、鏡の前でばっさばっさと手でマントをなびかせている姿が可愛くて身悶《みもだ》えしたものだ。それに、コードネーム＝《イコール》隠密という理解は間違ってないので放っておく。可愛いは正義だ。

さて、そもそもなぜコードネームをつけて定期的に会合を開くようになったのかと言うと、単純に面白かったからというのもあるが、『サウザーリンのご当地素材で日本の調味料が作成できないか』と要望があったからである。

最初はショーユとミソがいいとクラインさんが言う。難しいなら別の調味料でもいいそうだ。

この国独自のオリジナル調味料としてインパクトが強く、輸出品になるし、王国の料理に使うだけでも皆が美味《おい》しいモノを食べられ、料理の幅もぐんと広がるということだ。

そして言うまでもないが、とんでもなく儲《もう》かる。

私も開発者として定収入が得られ、冒険者のバイトも辞められるのではないか。

「シェフの定職&サウザーリンの美食増量&皆の収入アップという、誰も不幸にならない計画なのだが、どうだろうか？」

「それ、いいんじゃないかしら？　さすが策士ねぇ」

「何だか楽しそうだね。勿論《もちろん》僕も手伝いますよ」

「そしたらご隠居は、農業関連お願いね。植物いじり得意だもんね」

「不二子は商品化した際の販売ルートの営業だね」

「俺様は何するんだ？」

「どら焼きは、……今んとこアドバイザー的な感じで」

私がふむふむと頷《うなず》いていると、トラちゃんがてしてしと私の膝を叩《たた》いて自分を指さす。

「え？　タイガー？　タイガーの仕事は……うん、勿論《もちろん》あるけどね、本格的に動き出すまでは、快適な打ち合わせのためにこの家の掃除や食事の手伝いをお願い。頼りにしてるんだから！」

コクコクと頷《うなず》いたトラちゃんが可愛いので肉球をニギニギした。

私も定職という素晴らしいワードに心躍る。

だって、このままいつまでも冒険者を続けていくのは無理があるだろう。

【元Sランク冒険者様のとっさの機転で】Aランクのブラックテイルドラゴンを倒してしまっただの（確かにオーガキング様に並ぶ美味《おい》しさだったが、食べられる所が少ないのが難点）、【元Bランク冒険者と薬草を採りに行った時に巣穴に落ちてしまい、必死の死闘（をしたように死後タコ殴りさせてもらった）の末、命からがら仕留めた】Bランクのビーバー鳥（モモ肉が特に美味だった）だの、お金も美味《おい》しいお肉も結構手に入ったが、流石《さすが》に冒険者ギルドの統括本部が何かキナ臭いモノを感じ始めているらしい。

ラッキーが続いているだけの経験不足という理由でDランク維持を懇願《こんがん》してるし。多分次にうっかりをかましたら、無条件でBランクまで行ってしまう可能性大である。

なるべく早く辞めたい。

しかし、ショーユとミソねぇ。できるのかなあ……いや、やるしかない。

私は気合を入れた。

この国にも米はある。麦もある。塩もある。大豆とほぼ同じような豆もある。

ただ、米麹《こめこうじ》も麦麹《むぎこうじ》もなかったので、ネット通販で『麹《こうじ》から始めるミソ、ショーユの作り方』なる本を入手し、魔法を使っての試行錯誤の末、何とか麹《こうじ》を完成させた。それを豆を煮たものと合わせ、塩水を流し込み、現在アイテムボックスで熟成中である。

ただ普通に作ると、ショーユは一年程度かかるようだ。現在、何とか魔法で時短する方法を模索中だ。

うーむ、のんびり生きていくつもりが、大学生だった頃より勉強している気がする。でも、これはこれで楽しい。

結局、私は美味《おい》しいモノ作りに貢献できれば幸せなのである。

最近、クラインさんが近くにあった畑付きの家を安く借りてくれたので、研究所として使うことにした。

ケルヴィンさんはギルドの仕事を終えるといそいそとそこに通っては、成長の早い大豆や米の栽培などを研究している。

彼にとってもこの国に美味《おい》しいモノを増やす作業は「夢のように」楽しいそうだ。事業が軌道に乗ったら、ギルドを辞めて研究所の所長になるとか言い出している。

「もうね、毎日楽しくて仕方ないんですよ！　愛情かけて育てると作物も早く成長してる気がするんですっ」

「ますますご隠居オーラが増えましたけど、まあ幸せそうで何より」

そんな研究と試作に明け暮れる楽しい生活も早三ヶ月。何とかショーユとミソの商品化が現実的になってきたところで、クラインさんがまた新たな話を持ってくるのだった。

□　□　□

「……店を出す？　策士いきなりだわね」

その話が出た時、ミリアンは怪訝《けげん》な顔をした。

今日はＨＭ（ハルカを守る会）の定例会という名の食事会。私も慣れてきて、大分皆と気安く会話ができるようになった。

その席で、四日ぶりに私の家にやってきたクラインさんが、「そろそろショーユとミソを少しずつ知らしめるべき頃合いだから、店を始めよう」と言ったのだ。そして、「ハルカ腹減った、ご飯食べさせてくれ」と疲れたように椅子に座り込む。

彼は最近お忙しい模様。

私は既《すで》に皆が食べ終えていたドードー鳥のチキン南蛮《なんばん》丼を出した。

とは言っても、最近時間を見つけてはまとめて作ってアイテムボックスに時間経過なしで保存しているため、常に出来立ての状態ですぐに出せるようになっている。

とりあえず、お気に入りのタルタルソース山盛りで丼二杯を食べたところで満足したらしく、クラインさんは「タイガー」とトラちゃんを呼んで紅茶をお願いした。会合の時はタイガーと呼ばないとトラちゃんはご機嫌が悪くなるので気をつけないといけない。

最近トラちゃんのメイドスキルがメキメキ上昇しており、今もさっと丼を片付けたと思ったら、ぱっとアールグレイのいい匂いがする紅茶を運んできた。殆《ほとん》ど物音を立てずテーブルに置き、忍者のようにささささっと消える。

視界にはピンクのふりふりエプロンしか認識できなかった。自作かしら。いや、いいんだけど。

そもそもトラちゃんはメイドでも忍者でもなく、ただのお買い物ができるハイテクなぬいぐるみだったはずだが、どうしてああなったのだろうか。

でもクラインさんもケルヴィンさんもミリアンもプルちゃんも、何の疑問もなく受け入れているので、まぁいいか。

それに今は店の話だった。

「ほら、ショーユもミソもなかなかいい仕上がり具合になってきたし、量産体制に入る前に、それを使ったらどういう味になるのかって皆に知ってもらわないと。俺達しか今は分からないだろう？　だからシェフに腕を振るってもらって、味を広めるのが大事だと思うんだ。それには店を出すのが手っ取り早い」

「そうだね。ガラス瓶に入ってるショーユとか真っ黒だからね。ミソも見た目はなかなかグロいし、調味料って言われてもどう扱うか分かりにくいよねぇ」

腕組みをしつつ、ご隠居が考え込む。

「でも策士、お店って簡単に言うけどどね、費用もかかるし、会社としての登録もしないと商売はできないじゃない。皆で副業として魔物討伐で稼いだお金は、これから商品化したものを売るための費用として貯めてあるけど、お店一軒構えるには運転資金を考えると全然足りないわよ？　ご隠居の研究所の経費もあるし」

「不二子が言うのももっともだ。しかし、だからといって何年もかけて討伐で貯金ができると思うか？　シェフをDランク冒険者にしたままで」

「無理ね。既《すで》にシェフを問答無用でCランクに上げる話も来てるしね。アタシも現役復帰するなら国の依頼受けろってせっつかれてるし」

「僕はギルドマスターという表の稼業《かぎょう》があるのに、こないだもシェフと一緒に行った際に結果的に討伐してたのバレちゃったし。友だちとしてやむなくヘルプに入ったということにしたのに、現役戻るならいつでも手続きするって言われてるんだよね。まあどっちが稼げるかって言ったら、防御結界が張れるシェフもいる冒険者のほうが断然いいけど、討伐のために研究所を空けるわけにもいかないし、ギルドにいることで情報が得られて便利なこともあるんだよね。最近は魔物も増えて、国の討伐依頼が処理しきれずパンク状態だから、しょうがないとは思うけど」

「ふーん、しかしなんで急に魔物増えたんだ？」

どら焼きが不思議そうな顔をした。

「えっ？　それはシェ……いや、なんでだろうね？」

「……きっと私のせいだよ、どら焼き」

「シェフのか？」

「だって私が来たのと同じ頃から魔物が多いだの、その場所に普段いなかったのが出てたりしたじゃない。異世界の人間が紛れ込んでからだもの、無関係なわけないじゃない」

「シェフも気づいていたのか？」

策士が驚いたように私を見た。不二子が私の肩を抱く。

「でも、アタシはシェフと関係ないと思うわ。万が一影響があったとしても、シェフの知らないところで勝手に起きてることに責任感じる必要ないわよ」

「そ、そうだぞシェフ！　もし無関係ではなかった場合でも、シェフのせいじゃないからな！」

「どら焼き、不二子もありがとう。でも、やっぱりそれなりの責任は感じるのよね。私が来なければ、無理に他の人がランクの高い魔物と戦う必要もなかっただろうし、怪我をしたりする人もいなかったんじゃないかとか。自分が望んだわけじゃないけど……やっぱり王宮に転生者だと打ち明けに行くのはまだ怖いから、別の責任の取り方をしようと思うの。だから策士の話はイケるってピーンと来た！」

「……え？　店のことか？」

「そう！　でも、お店構えるんじゃなくて、馬車を改造して、移動式の食堂にするの。そしたらお金だって私達の貯めてる分で足りるじゃない？　運転資金もゆとりが出るし。それで、国で増えている魔物を移動する先々で食材集めがてらコソッと討伐していけば、最終的には平和な国になって国も嬉しい、のんびりショーユやらミソやら売って田舎《いなか》に家でも建ててぼーっとゆるく生きられて私も嬉しい。めくるめくスローライフの夢は魔物ごときに邪魔させないわ。でも、できる限り食べられる魔物優先にしたい。……という案はどうかな？」

　黙って聞いていた三人プラス一匹（？）。

「しかし、冒険者レベルが上がるのはまずいんじゃないのかシェフは」

「……え？　討伐依頼受けないもの。勝手に間引きするだけだから。お金になりそうな皮とか角とか使える部分は、アイテムボックスに入れて、後でほとぼり冷めた頃に売ればいいでしょう？　肉は食べられるなら私達のご飯と移動食堂の食材にすれば経費削減もできる」

「やだシェフ超楽しそう！　闇の討伐隊ね！　ワクワクするわ！　アタシもギルド辞めて一緒に行くっ！」

「本当に？　不二子も一緒なんて嬉しい！　凄《すご》く助かる！　けどいいの？　ご家族の方とか娘がいきなり仕事辞めると心配するんじゃ」

「大丈夫よ、うちの家族、皆シェフ大好きだし、困っている時に手助けしないで何が親友よ！」

「不二子〜大好き！」

「アタシも大好き！」

「俺とタイガーも当然行くぞシェフ。シェフのいない家で留守番なんてゴメンだ」

「……（コクコク）」とタイガーも頷《うなず》く。

「勿論《もちろん》よ、貴方達はこの国での家族みたいなものじゃない！」

「家族……いい響きだなあタイガー」

「……（コクコクコクコク）」と再びタイガーが頷《うなず》く。

ご隠居も「僕も！　僕も行くぞー！」と叫んだが、ギルドマスターとして情報を仕入れて流してもらう役目があるし、研究所で商品の増産体制整えてもらわないと困るからと説得した。まあ定期的に戻るし、その時にはパーッと美味《おい》しいものを作ってご馳走《ちそう》してあげよう。

「策士はどうする？」

「勿論《もちろん》行く。家族には武者修業に出ると伝えておく」

「まあ概《おおむ》ね間違ってはいないわね」

「そうね。日本では『当たらずといえども遠からず』と言う便利な言葉があるし」

そして、二週間後。

荷台部分を大改造してキッチンを作り、食料と皆の荷物を載せた、内部はほぼキャンピングカークラスの豪華仕様となった四頭立て大型馬車は、ケルヴィンさんの涙の見送りを受け、隣町のブルーシャへ向けて旅立つのだった。

3　閑話　クラインのお家事情

俺は旅の話を聞いてから急いで王宮に戻った。門番に軽く手を上げると早速、兄ミハイルの部屋へ向かう。

「ミハイル兄さん」

扉を開けると剣の手入れをしていたミハイル兄さんが笑顔で立ち上がった。

「クライン、どうしたんだいそんなに慌てて」

「俺、一週間後に旅に出て王宮を暫《しばら》く留守にしますので、父上と母上に何か聞かれたら、上手《うま》いこと言ってごまかしといてもらえますか？　ちょいちょい戻るので、武者修業とか伝えといてくれればいいです」

「へえ？　どこ行くの？」

俺は、先程の会合の内容を話す。ミハイル兄さんにはハルカが転生者であることを教えてあった。

「ハルカはちゃんと気づいていたんだねえ。賢い子だ」

「ハルカは前から賢いですよ。行動が残念なだけです」

「ほお。……で、旅の間により親密な関係になるような計画はあるのかい？」

「なっ！　何をバカなことを言ってるんですかミハイル兄さんっ、ななな、何で俺がハルカとそんなっ」

俺はぶんぶん首を横に振った。

「えー？　だって好きなんだろう？　あんだけ暇を作っちゃ会いに行ってるのに、ただご飯食べたいだけが理由なのかい？　まさかねえ」

「いや、それはその、読めない行動するから危なっかしいし……それに俺は年下だから、いや、まだハルカには年のことを話してないですが……」

ミハイル兄さんがいつも俺をからかう時のいたずら小僧のような顔になる。

「別に好きとかじゃないなら、僕にも会わせてよ。もしかしたら運命的な出会いになるかも――」

「ダメだ。そう言ってミハイル兄さんは恋人を何人も作っては別れてるじゃないか」

「誠意を持って相手の想いを受け止めてるだけじゃないか。でも付き合ってみて、やっぱり運命の人ではないなーと思うからサヨナラするだけで」

「……ミハイル兄さんは好きだけど、女性に対していい加減なところは改めてほしい。ともかくハルカを傷つけたら兄さんでも許さないですからね」

そう言い捨てて俺は自室へ戻った。

荷物をまとめてトランクに詰め込むと、ごろりとベッドに横になる。

俺は、小さな頃から世の中をずっと醒《さ》めた目で眺めていた。この国の第三王子という所謂《いわゆる》『スペア』であったのが理由の一つである。大抵のことはさほど努力しなくてもできるのに、一番興味があった剣術を一生懸命やったところで、できる兄が二人もいて王にはなれない。かといって、王子ではあるので冒険者にもなれず、当然ながら騎士団にも入れないのだ。公務はアルベルト兄さんとミハイル兄さんがいれば事足《ことた》りる。国民も、ろくに顔を見せない第三王子についてはいるということしか知らないはずだ。

いずれ公爵にでも降籍して領地で暮らす平和な、だが退屈な未来しか見えなかった。

頭が良すぎるから先まで考えすぎるんだとミハイル兄さんにからかわれるが、何をするでもないのに王宮にいるのは苦痛で仕方なくて、よく脱け出しては乳母《うば》の家に遊びに行っていたのだ。

乳母《うば》は俺をとても可愛がってくれて、仕事を辞めた後も結婚もせず、二年前に病気で亡くなった時は、住んでいた小さな家を俺に遺してくれた。それが、今ハルカが住んでいる家だ。

「遺す身寄りもおりませんし、私がいなくなったらこんなボロ家ですが、いつでも気分転換にお使いくださいさい、クライン坊ちゃま」

そう言って鍵を渡してくれた時には、もう死期を悟っていたのかもしれない。ハルカが住む前は、俺が手を入れて避難所にしていた。

そんな風に退屈で退屈で、騎士団長に頼み込んでこっそり制服を借り、巡回という名目で暇つぶしをしていた時にハルカに出会ったのだ。それ以来、退屈はどこかへ消えてしまった。今は毎日が新鮮だ。

あの時ハルカを見つけたのが俺で本当に良かった。

4　れつごー移動食堂！

とりあえず一番近くの町、ブルーシャへ出発して三日。

日本で考えると冬の時期だが、それほどの寒さはない。朝晩ぶるっと震える程度だ。

むしろ過ごしやすい秋口といった感じで、この国ではそんなに四季の移り変わりが激しくないのかもしれないと、私は思っていた。

寒きゃ寒いで鍋が美味《おい》しいんだけどねぇ。

運もいいのか、穏やかな良い天気が数日続いている。

クラインさんの持ってきた地図によると、サウザーリン王国は、木こりが使う斧《おの》のような形をした大きな島国だった。取っ手が右上に来るよう横向きに置いた、でかい中華包丁ともいえる。

で、中華包丁の刃部分の中央右端に首都リンダーベル、そのまま海沿いに北へ向かって三日ほど進むと（包丁の下の刃のへり部分）ブルーシャ、そこから西南方向に進んでいくとバルゴ、北へ向かうとパラッツォ、さらに東へ向かうと（中華包丁の取っ手部分）ピノという町があるそうだ。

ピノから東へ進みつつ南下すると、またリンダーベルに戻る。

この包丁部分のど真ん中、深い森の中にはローリーというエルフが多く住む町もあるようだが、皆行ったことがないという。

私には全ての町が初めてなので、どんなとこなのかなー、とちょっとワクワクしている。

「……ところでなークライン。素朴な疑問なんだが、ブルーシャに行くなら南方面の海沿いのルートのはずなんだが、何で今は海の気配すらない鬱蒼《うっそう》とした森の中なんだ？」

プルちゃんが鼻をホジホジしながらクラインさんに聞いた。

そして通りすがりに襲ってきたフライングホーンラビットを捕獲。

トラちゃんを見ると手で丸のマークを作ったので、私はそのまま〆《し》めて肉と、金目になりそうな皮や骨や角を魔法で切り分け、アイテムボックスへ収納する。

実はというか薄々気づいていたが、プルちゃんもかなり強い。まあチートを作れるくらいだ。全属性の魔法を使えるし、当然の結果ではある。

食べられる魔物のみなさーん、私達と未来のお客様が美味《おい》しく頂くので、きっちり成仏してくださーい。

私も、最初のうちこそキモいとかエグいわーとか思っていたが、豚肉も鶏肉も牛肉も死ぬ前は普通に食べていたのだ。釣った魚だって生きているうちに腹切って内臓出して塩振って焼くなど、食われる側から見りゃえげつないことをしてたしなー、と考えたら吹っ切れた。人間は慣れる生き物である。

でもこれで、魔物と意思疎通ができたなら無理だと思う。

やだよね、魔物が「食べないで」とか「お願い助けて」とか話しかけてきたら。

ミリアンが教えてくれたが、魔物は魔族と違い、親がいて生まれるのではなく、地の裂け目や澱《よど》みのある所から湧き出る瘴気《しょうき》から自然発生するモノなので、その瘴気《しょうき》が消えるまで延々と発生するんだとか。

そんなわんこ蕎麦《そば》みたいなもんなら、少々頂いたところで問題あるまいと、魔物を狩るためらいは私の中から消え去った。

トラちゃんも、旅に出る前に元Sランク冒険者であるケルヴィンさんのとこに通いつめて聞き取り、『サウザーリンワクワク食べ歩きマップ（魔物編）』なる冊子を作成し暗記している。お蔭で魔物を発見した時にトラちゃんを見れば、手で食用かどうかを○か×かで教えてくれるのだ。とても助かる。

食用でない魔物は申し訳ないが跡形もなく殲滅《せんめつ》した。討伐がバレて冒険者レベルが上がっても困るし、転生者とバレるのはもっと困る。

食用でない魔物など、ただ人を襲うだけの厄介者だ。

それにしても、トラちゃんは必要以上にハードボイルドで仕事熱心な凝り性だった。私はそんなところも大好きである。

コードネーム――タイガーがついてから動きが忍びのようになったので、私はネット通販のパーティーグッズコーナーで見つけた子供用の忍者コスプレをプレゼントした。すると、体を震わせるほど喜んでくれ、気に入りすぎたのか、メイドエプロンの時以外はほぼ、激ぷにな忍者コス着用である。激ぷになのに超機敏である。

可愛い。癒《いや》される。

「いや、だが地図ではこの道を行けばいいはずなんだ」

クラインさんが飛びかかってきたローレライオオコウモリ（トラちゃんの×出ました）を剣で切り払ったところを、私が証拠隠滅のため火の魔法で燃やし尽くす。

「それ二時間前も聞いたわ。……素直に迷いましたすいませんでした！　て、土下座すれば許してあげるわよ、っと。しっかし本当に魔物増えてるわねー」

ミリアンは三体同時に襲ってきたポイズンモモンガをロングスピアーで凪《な》ぎ払《はら》う。目の隅でトラちゃんの×マークを見やり、舌打ちした。

「……大雑把な道筋を記した地図が悪いんだ。書いた奴見つけたらボコボコにしてやる」

怒りに燃える目をしたクラインさんを、まぁまぁと私は宥《なだ》める。

「クラインさん大人げないから」

そう言いつつ、大人げない？　そういやクラインさんは幾《いく》つだ？　と疑問が湧いた。聞いたことなかったな。

ケルヴィンさんは二十八でしょ、ミリアンは私の一歳下の二十歳。落ち着いてるから二十四、五くらいかしら。

「あの、クラインさんて幾《いく》つなの？」

聞いてみる。

「……んー、十八だが？」

ずいぶん間が空いた。何でだ。

「うえ？　私より三歳も下だったの？　ずっと年上だと思い込んでたわ。いや、でも未成年か……親元にご挨拶《あいさつ》もしてないのに、いきなり旅とかまずいなあ」

「……十八はこの国では成人だぞ？　大人だぞ」

焦りぎみに言うクラインさんに私はホッとした。

「……あの、じゃあ未成年者誘拐とか監禁ではないのよね？　捕まらないよね？」

「？　よく分からないが、許可も得てきてるし問題ない」

「それならいいわ。あーびっくりした。でも年上じゃないなら、クラインさんってさん付けも変よね……ねえ、クラインって呼び捨てでもいい？　少し堅苦しいし、これから暫《しばら》く旅をする仲間じゃない？」

「……構わない。俺もハルカと呼び捨てにしてるし」

反対を向いたままだったが、嬉しそうな声だ。

あー、やっぱり他人行儀な感じを受けていたのね。

反省する。ミリアンは呼び捨てにしているのに。

持ち家を借りてる恩義ある大家さんと店子《たなこ》という関係上、若干遠慮がちだったのは否めない。

でも旅の間にもっと仲良くなれるかもしれないし、親しくなれば自分のことをほとんど話さないクラインも、打ち解けてもっと話してくれるかもしれないじゃないか。

大切な異世界の友人達と楽しく過ごせれば、それだけで嬉しくありがたいのである。

転生前は、誰かと親しくなりたくてもバイトや勉強のせいで時間がなさすぎて、親しいと言えるほどの友だちを作れなかったのだ。

「ハルカ、俺様はとりあえず腹減ったー」

その時、プルちゃんがお腹《なか》をさすった。

「そうだね、もうお昼だよね。じゃあ相談もかねて、今回は初の料理を出しますよー。皆が気に入ったら町の人も美味《おい》しいと思ってくれるかも。お店でのメニューに入れたいなと思ってるの」

「へえ。楽しみだわ！　でもハルカのご飯、いつも美味《おい》しいけどね」

ミリアンが馬車を停めた。

「じゃあアタシ達は、ハルカがご飯作ってる間に周辺の魔物を始末してくるわ。美味《おい》しい子がいるといいけど。あ、タイガーも一緒に来てくれる？」

コクコク頷《うなず》いたトラちゃんは既《すで》に忍者仕様になっている。いつ着替えた？

会合時でなくてもタイガーと呼ばれるといつの間にか忍者姿で行動するトラちゃんも、パーティの一員として認められている。

個人的にはとても可愛いが、無茶してネット通販が使えなくなるほどの怪我でもしたら、と内心はらはらしていた。でも、トラちゃんがとても楽しそうなので止められないし、こちらでの家族が楽しそうなのは嬉しい。

身近にいる時は自分が護ればいいのだ。

三人もトラちゃんを守れないほど弱くない。

「――さて、ご飯ご飯と」

私はいそいそと支度を始めた。

まずは料理の前に、周囲二十メートル圏内に結界を張る。

これは敵意のある魔物の侵入や攻撃を弾いてくれるので、馬も馬車も無事。料理の邪魔をされることもない。

続いて、キッチンへ行って寸胴鍋をアイテムボックスから取り出し、いい出汁《だし》が出そうな魔物の骨と水をそこに入れた。勿論《もちろん》、水も火も魔法のお世話になっている。

ぶっちゃけキッチンは、移動食堂を営業する際に町の人に魔法を使っているのを分からないようにするためのダミーみたいなものだ。一応、普通に使えもするが。

いいスープがないと台なしなので丁寧に灰汁《あく》を取り、コトコト煮ていく。

そう、本日はラーメンを作ろうとしているのである。

私がこの国の食糧事情を見聞きして、絶望的な衝撃を受けていることがあった。

この国には『麺類』がないのである。

(何で小麦粉はあるのに『麺』がないのよ、あり得ないでしょ。ここの料理人何やってんのかしら)

勿論《もちろん》、ご飯は大好きだ。日本人には米がソウルフードである。

でも麺が大好きな日本人は多い。

パスタもうどんもラーメンも好きなのだ。

特にラーメンは週に何度食べても飽きない。

何しろスープを始め種類が沢山《たくさん》ある。日本は各地方で独自の進化を遂《と》げているラーメンの産地、いや聖地といっても過言ではない。

私はいい加減ラーメン禁断症状が出てきていたのだ。

ラーメン食べたい。ラーメン食べたい。ラーメン食べたい。

そしてまずは、この国にラーメンを広めたい。庶民の愛するラーメンの美味《おい》しさを、この世界の人に伝えなくてはいけない。ついでにその野望にパスタやうどんなど、別の麺類も忍ばせる。

それが私の現在の野望だ。美味《うま》いものは皆で楽しむ権利がある。

麺はトラちゃんのネット通販で『おいしい麺の作り方』なる本を購入し、地元産の材料で作り上げたものを何百人前と保管していた。時間経過なしで保管できるのでもっと作りたかったものの、万が一にも受け入れてもらえない可能性を考えて、今のところ止めている。

気に入ってもらえたら、また作ればいい。

スープのベース、ショーユもミソも塩もこの国の材料で作った。

これから売ろうとしている調味料で町の料理人が同じような料理を作れるようにならなければ意味がない。

さて、ラーメンはこの王国のスローフードレベルまで到達できるかしら。がんばれラーメン。

その手始めに今日は、ショーユラーメンとミソラーメンの二種類を作る。

ショーユラーメンにはオーク肉のチャーシューとネギのみじん切りを贅沢《ぜいたく》に載せた。

ミソラーメンは私の大好きなミソバターコーンである（トウモロコシは普通に売っていた）。

スープの味も満足のいく出来だ。

煮込む時間が少ないのにこれだけ旨味《うまみ》が出るとは、魔物め侮《あなど》れん。

そろそろ皆が戻る頃かな。美味《おい》しいと思ってくれるといいな。

麺を茹《ゆ》でるお湯を別の鍋で沸かしつつ、ひと休みしようと鼻歌まじりに馬車から降りると、すぐ傍《そば》に男の子――プラチナのように輝く長めの銀髪に、ルビーのような綺麗な赤い眼をした、そらもうただ呆然と見るばかりの美少年が立っていた。

だからなんでこの国は眩《まぶ》しい生き物ばかりなんだ。


「――えーと……迷子なのかな？」

年齢は十二、三歳くらい？　に見える見目麗《うるわ》しすぎるその少年に、私は話しかけた。

「……いい匂い、したから」

声まで美少年て、どうゆうことだ。いや、なんだ声が美少年て。

しかしそうとしか表現できないほど、聞いてて気持ちが良くなる美声だった。

私の乙女力は、ここ数ヶ月のイケメンさん達による視界と聴覚への波状攻撃で、ただ減り中である。元々少ないのに、もうスライムとも互角に戦える自信がないくらいにボロ雑巾みたいになっとりますがな。

それなのに、またこんな眩《まぶ》しい刺客が現れるとは。

若い女性として、会う男会う男が普通の女性より見目麗《うるわ》しいとか、どんな辱《はずかし》めだ。眩《まぶ》しい生き物はもうお腹《なか》いっぱいだ。

……でも、まあ子供だし。成長すると普通程度の外見になる子もいるし。外国の俳優さんとか、「え？　あの美少女（美少年）がどうしてこうなった？」みたいになること、あるじゃない？

うん、そうそう。未来は眩《まぶ》しくない普通の生き物ということで。

えーと、何の話だったっけ。

んー、いい匂い？　ああ、スープの匂いか。

「お腹空《なかす》いてるの？　良かったらラーメン食べる？」

「……食べる……」

私は急いでキッチンに戻ると、ショーユラーメンを作って彼の前に出す。

「お待たせ。私の故郷でよく食べてたものなの。ショーユラーメンって言うのよ。口に合うといいんだけど」

そう言って、木製のフォークと一緒に渡した。

「熱いから、ふーふーして食べてね」

「……えっ？」

「あー、ふーふーって分からないか。えーとね」

私は少年のフォークで麺をすくって、息を吹きかける。

「こうやって少し冷まして食べるとヤケドしないの。最初食べづらいかもしれないから、クルクルってフォークに麺を巻き付けるといいわ」

パスタの要領だ。いきなりずずーっとは無理だろ、うん。本当は豪快にいってほしいけど。

「……分かった」

少年は言われた通りふーふーして器用にクルクル巻いてから麺を口に入れた。

そして、目を見開く。

「……美味《おい》しい」

「あー良かった。お代わりもあるから沢山《たくさん》食べてね」

黙って食べ続ける少年を見ながら私はのんびりと皆が戻るのを待つのであった。


「——飯ー飯ー！」

暫《しば》くして、プルちゃんを先頭にクライン、ミリアン、トラちゃんが戻ってくる。

この周辺はあまり美味《おい》しくいただける魔物がおらず、討伐オンリーだったようだ。

「すぐできるから待っててねー」

私は急いでキッチンに向かう。三人と一匹は、黙々と何かを食べている少年に不思議そうな目を向けた。

それに構わず、私は皆へラーメンを運ぶ。

「お待たせ。ショーユラーメンとミソラーメンねー。日本ではスタンダードなチャーシューとミソバターコーンにしてみたよー」

初の麺類なので食べ方を教えた。

「このスープと麺、というのか、絡み合って美味《おい》しいな。スープにドードー鳥とコカトリス、あと多分オークのエキスが入ってると思うが」

「ちょっとミソバターコーンラーメンも、いつものミソ汁とはまた違った味わいで、バターがふわっといいアクセントになってスッゴく美味《おい》しい！　それでね、ちょっと下品だけど、麺を巻き付けるよりずずーって吸い上げる感じ？　のほうが汁の旨味《うまみ》が一緒に来ていいわよ」

傍《そば》で話を聞いていた迷子の美少年にも説明するミリアン。

「おー、本当だ！　ミリアン凄《すご》いな、よく発見した。うまっ」

心配するまでもなく、皆、意外とすんなり啜《すす》る食べ方をマスターする。伊達《だて》に食いしん坊じゃないわね。

あの迷子の少年も上手《うま》いことちゅるちゅる食べられるようになっていた。気に入ってくれたようで何よりだ。

そして、皆さんショーユラーメンとミソラーメンを両方一杯ずつ食べた。

「でねぇ、これ移動食堂のメニューにしたいと思うんだけど、どうかな？　ほら、これから広めようとしている『ショーユ』『ミソ』の名前もついてるし、分かりやすいんじゃないかなーと」

食後にプリンを出しつつ、私は皆に意見を求める。トラちゃんもメイドエプロンに着替え、コーヒーを運んでくれた。

「いいんじゃないかしら」

「凄《すご》く売れると思うぞ。このツルツルした喉ごしもいい感じだし」

「そうだな。ただふと思ったんだが、定期的に俺達が食材を獲るために抜けていると、ハルカが作って出して接客して洗い物もして、になるだろう？　誰か残すにしてもちょっと負担が大きい気がするんだ。多分どこの町でも旨《うま》いモノは売れるだろうし、きっと忙しいんじゃないか？」

クラインが少し眉をひそめる。

うん、それはちょっと考えていた。食材をなるべく低価格に抑えるためには、現地調達が欠かせない。トラちゃんは食べられるか食べられないかの判断をするために連れていくのが効率的だ。なら、万が一のことを考えて、戦える人が二人はいたほうがいい。

そうなると、残すのはプルちゃんだけど、流石《さすが》に見た目が幼すぎる。

クラインかミリアンを交替で残すにしても、大人二人で切り盛りできるかしら。

「……僕、働く。ご飯食べさせてくれる？」

その時、黙ってプリンを食べていた美少年が、そう呟《つぶや》いた。

「……え？　それはありが……いやいや、でも親御さんの許可を得ないとダメよ！　あなたくらいの年なら間違いなく労働基準法とか誘拐とかで、私が捕まる……」

犯罪者ダメ、絶対、と私は首を横に振った。

「……ハルカ、気づいてないと思うから一応言っとくけど、そいつ魔族だからな。俺様よりも年上だぞ？　多分、敵意なしの意味で子供の姿になってるが、普通にがっつり大人だ」

プルちゃんが三つ目のプリンを頬張りながら、美少年を指さす。

「と、年上なの？」

「五百年以上は生きてる、かな……」

「じゃあ、普段の大人の姿になってみてくれる？」

私は、そうお願いしてみた。少年の姿で働かせるより大人のほうがいいだろう。

「……ああ、うん、待ってね」

ふわっと風が吹いたと思うと、見目麗《うるわ》しい美少年が、そらもう超絶フェロモンだだもれの長身の美青年になっていた。眩《まぶ》しいって言うより目に痛い。

誰だ、ちっさい頃可愛くても大人になったら普通になるとか、残念な感じになるとか、言ってた奴は。私だ。そのまま綺麗度が上がる人もいるんだなー。そりゃそうだ。

「……ハルカ、店員さんとしては、彼、かなり女性客に刺激的すぎると思うの」

ミリアンが鼻血をボタボタ垂らす。クラインやケルヴィンさんでイケメン慣れしている彼女に、そこまで言わせるとは。

私は、あー綺麗だなー、眩《まぶ》しいなーとは思うが、鼻血まではない。

なぜなら、外見を理由に男性が好きになることはないからだ。

まあ男性と付き合ったことがないし、恋愛の機微がよく分かっていないせいなのかもしれないが。

でも、お客さんが料理以外の目的で来るようになったら困るな。

「……ごめん、もっかいさっきの子供に戻ってくれる？」

「……分かった」

彼はふわっとまた十二歳くらいの少年の姿になってくれた。

「ミリアン、これなら大丈夫よね？」

「……まあ、子供姿なら平気」

「よし！　じゃバイト君、悪いけどその状態で仕事お願いします！　……ところで名前も聞いてなかったわ、ゴメンね。あなたの名前は？」

「……テンペスト」

「テンペストね、じゃあ、テンちゃんでいいか。テンちゃん、これからよろしくね！」

私は笑顔でテンちゃんの手を取り、ニギニギと握手をする。

本当は年上だから敬語が良いのだろうけど、少年の見た目に敬語使うのは違和感があるし、プルちゃんにはとっくに敬語じゃないものね。特に何か言われるまでは年下感覚で行こう。

ついでにブルーシャへの道をテンちゃんに聞いたところ、やはり道を一つ間違えていたらしい。

私達は彼に従い、正しい道に戻る。

とうとう明日にはブルーシャに着けそうだ。

クラインが「この地図が不親切だったんですが、間違えてすーみーまーせーんでしたー」と棒読みで言うのを、「誠意がない」とプルちゃんとミリアンが蹴りを入れている。それを視界に入れつつ、私は隣に座るテンちゃんからブルーシャの情報を仕入れるのであった。

□　□　□

本来の到着予定日より一日遅れはしたが、無事夕方にブルーシャの町に到着した。ここは織物の町と言われており、露店や店舗では色とりどりの色彩の生地が売られている。

とりあえずお風呂に入りたいし、足を伸ばして寝たいので、私は宿を取ることを提案した。

旅は楽しいけど、やっぱり疲れるからね。

皆も大賛成だったようで何より何より。

町のギルドで紹介してもらった宿屋は、部屋こそそれほど広くないものの清潔で、ベッドもセミダブルのゆったりめ、シーツもサラサラしてて気持ち良かった。

それに、この辺では珍しく、内風呂以外に大浴場があるとのこと。

うわーテンション上がるわー。

お金は、魔物を討伐した報酬と皮とかを売ったものの取り分を分ける前に、旅の費用としてプールしている。いちいち個別で出すの面倒だし。

うっかりAランクだのBランクだの倒しているからね、そらもうプールしているお金も正直びっくりするほどの金額である。

家でも買えるんじゃないだろうか。当然ながら皆の懐《ふところ》に入った分もかなりの額なので、実は皆さん結構なお金持ちです。

まあ特に娯楽（ギャンブルとか夜のお店とか）に使う習慣がないみたいだし、精々洋服とか武器とか本とかを買ったり、食べ物に使うくらいだ。

それにミリアンは家族に生活費を渡しているらしい。

皆堅実だなー、と私は心の中で称賛していた。

クラインもお坊ちゃんのようなのに、馬鹿みたいな無駄遣いはしないいし、金銭感覚はしっかりしている。

プルちゃんはそもそもお金を使うのに慣れていないので、全額私に預けっぱなしだ。たまに欲しいおやつが売っていると「ハルカ、あれ買ってくれ！」と言う程度。

トラちゃんは自分のサイズに合わせて忍者装束や町中に出る時用のお洋服などを縫うようになり、メイドや討伐のバイト料を布地代に使っていた。町の人達には、錬金術師が動かしていると思われているらしい。メイド業や忍びスキルだけでなく、裁縫までかなりのクオリティになったトラちゃんがどこに向かっているのか、私にはよく分からない。でも、本人が幸せならばそれでいいと思っている。

今回は豊富な布地が沢山《たくさん》ある町で嬉しいらしく、ソワソワしているのがまる分かりで可愛い。機会があったら、是非《ぜひ》私の服も縫ってもらいたいものだ。

さて、今回の旅で魔族のテンちゃんがバイト君としてお仕事してくれることになったが、彼には宿屋に一緒に行くのをかなり遠慮された。

「……僕はお金を持ってないから外でいい」

いやダメでしょ。バイト君が野宿で雇い主は宿屋とか、どんなブラック企業ですか。というか、こちらがお願いして働いてもらうのにそんな待遇させられません。

「食べ物屋は清潔にしてないとダメなの。だから一緒に泊まりなさい。お風呂も入りなさい」

と、ほぼ命令形でお願いし、ようやく納得してくれた。その代わりバイト料というのが出たらそこから宿屋の費用とか抜いて、一生懸命働くから、と言われてしまう。

ちょっと皆さん。天使ですよ。リアル天使がここにいますよー。

五百年以上生きているとかいうけど、何というか保護欲をかきたてられるわ、テンちゃんは。可愛い弟を持つ姉の気持ちというのはこんな感じなのだろうか、とちょっと浮かれる。

そういえば、冒険者ギルドで聞いてみたところ、食べ物屋の屋台的なものの営業は、長居するなら商業ギルドに場所代を払う必要があるものの、一週間程度なら届けだけで良いらしい。

大概の町は同様の規則のようだ。

良かった。メインは調味料を広めるための移動食堂ですからね。別の町にも行かないといけないし、毎度商業ギルドにお金を払うのは痛い。

それはともかく、今日はこの町の料理を偵察しようと皆を誘って繁華街に行く。トラちゃんは食べられないので、布地を見に行くと別行動だ。最近はメモで会話ができるので便利だわ。もっと早く気づけば良かった。

さて、何軒か食べ物屋へ入り、幾《いく》つか注文してみる。

うん。やっぱりベースは塩味と砂糖だけなんですね。分かります。だってそれ以外ないですしね。肉や魚の塩焼きとかね、いや美味《おい》しいけど毎日それだけじゃ飽きるでしょ。品数も少ないし薄味なのも多い。健康にはいいのかもしれないが、そのために食を全て犠牲にするのはダメっす。

日本の常識なら、即潰れるレベルの店ばかりで涙が出そう。

皆も異世界の調味料に舌が慣れてしまったらしく、物足りないと思っているのが伝わってきた。

でも、これ偵察だからね。

こうして、結構気持ちがダウンしたので、宿屋に帰った後、皆で口直しにと作り置きしていたカレーライスを食べる。

辛いのはクラインが苦手なので、甘口だ。とても美味《おい》しかった。

やっぱり食は大事ですね、うん。

そこで気を取り直した私達一行は、大浴場へ。

当たり前だが男女別になっていたため、私はミリアンと女湯へ入った。

「うわぁ、結構広いねえ」

「数日ぶりのお風呂はやっぱり良いわねぇ〜♪」

夜も更《ふ》けていたせいか、二人で独占状態だ。

旅の間は体は濡らしたタオルで拭《ぬぐ》うだけだった。

痒《かゆ》くなるので頭だけは魔法でお湯のシャワーを出して洗っていたものの、女性としてはかなりストレス溜まりまくりですわエエ。

ここの岩風呂は温度がややぬるめでちょうどいい。

うーん、と気持ち良く手足を伸ばして浸《つ》かっていると、ミリアンが私を眺めて呟《つぶや》いた。

「ハルカ、スタイルいいわねぇ。腰とか細いのに胸とお尻のバランスがいいわ」

羨《うらや》ましそうな目で見られ、私はびっくりする。

「……え？　何言ってるの？　ミリアンのほうが胸もおっきいし腰も細いし足も長いし、スタイル抜群じゃない」

なんたって私がコードネームを不二子にと、切望したほど。理想的なぼんきゅっぽんなのだ。

「あのね、チチなんかムダに出ててもトシくったら垂れる一方なのよ？　家《うち》の母さんも、もう垂れまくり。むしろハルカみたいに形のいい、掌《てのひら》でちょうど掴めるくらいのほうがいい！」

「そんなもんなの？　私は羨《うらや》ましいけど……」

そんな女子なやり取りをしていたところ、隣の男風呂のほうからプルちゃんが、「ハルカやめて、丸聞こえだから超やめて！　テンもクラインも鼻血出してここ事故現場みたいになってるから、本当に超やめて！」と叫んできた。

「あー、……ゴメン」

二人同時に謝った。

忘れてたわ。そういや上に仕切りはなかったね。

さて、明日はブルーシャでの初営業だ。

食材も結構あるので明日は討伐なし。皆でお仕事です。

よっしゃ、がんばるぞー。風呂から出て早めにベッドに潜り込みつつ、私は心の中で気合を入れた。

□　□　□

本日も晴天なり。

私は旅の疲れも取れ、スッキリと目覚めた。

窓の外を眺め頷《うなず》くと、「ブルーシャの皆さんが私の世界の食べ物をどうか気に入ってくれますように」とパンパンと柏手《かしわで》を打つ。

あまりメニューを増やしすぎると時間がかかるため、なるべく作り置きでこなせるよう数種類に絞っている。ついでにアーモンドクッキーとカップケーキを小さく袋詰めしたものをお土産《みやげ》用として用意した。

悪口は言いたくないが、こちらの甘味って、ただめちゃくちゃ甘いだけの糖尿病待ったなしみたいな味なのである。料理は薄味が多いのに謎だ。お菓子は甘いもん、砂糖や蜂蜜《はちみつ》どっさり使ってりゃ文句ないだろ？　という暴力的なシロモノで、スイーツへの冒涜《ぼうとく》といっても過言ではない。冒《ぼう》涜《とく》は許すまじ。

メインは、ショーユラーメンとミソラーメンとオークの焼き肉丼とピザトースト。パンとご飯と麺。お好きなものをどうぞといった感じだ。

値段はラーメンと焼き肉丼が五十ドラン（日本円で五百円くらい）、ピザトーストは四十ドラン（四百円）、クッキーとカップケーキは二十五ドラン（二百五十円）にした。町での偵察でチェックして、安めの設定である。

本来はお肉が高くつくはずだが、自分達で狩って捌《さば》いてるのでタダ。むしろ、皮などお金になるものは売っているし、狩れば狩るほどプラスなのである。だから本当はもっと安くしても利益は出るのだが、他のお店との兼ね合いもあるし、皆への給料も必要だし、そこそこは貰わないとね。

加えて、消耗品にかかる経費もあるので、その分を抜いた利益を店の運転資金として貯金しようと考えている。

支度を全部終えた私は、皆を起こしにいった。プルちゃん以外は既《すで》に起きていたようで、部屋の扉をノックするとすぐに顔を出す。

「おはよ。準備があるから早めに出たいんだけど、大丈夫？」

クラインとテンちゃんは何となくぎこちない感じで頷《うなず》いた。

一方、ミリアンとプルちゃんとトラちゃんは元気一杯である。

あー、まだ昨日の鼻血事件が影響しているのかしら。未成年に悪いことをしてしまった。ミリアンのお色気を知るのは、テンちゃんにはまだ早い。いや、五百歳なら遅いのか？　超ウブということか。

見た目年齢だと中学生だからよく分からなくなったが、長生きする人は成人になるのも遅いのかもしれないしなあ。

キスの一つもしたことない私にはボーダーラインがイマイチよく分からないが、次回からは気をつけよう。反省反省。

皆で馬車に乗り、昨日めぼしをつけていた、メインの商店街を抜けてすぐにある平地の原っぱへ向かう。

人通りもそこそこあるし、この町の人に興味を持ってもらえるチャンスはありそうだ。

到着すると早速、折り畳み式のテーブルを幾《いく》つか広げ、椅子を並べる。

クッキーやカップケーキも味見用に幾《いく》つか小さくカットして皿に移し、残りは籠に入れて馬車の横に目立つように置いた。

とりあえずラーメンのスープ用の出汁《だし》を作りつつ、皆の朝食用にピザトーストを焼く。

トマトソースとチーズの香ばしく焼ける匂い、いいよね〜♪

皆がそれをがっついている間に、私は他のメニューの下ごしらえを進める。

焼き肉丼用に用意したオーク肉は、トラちゃんに薄切りにしてもらった。トラちゃんは包丁も上《う》手《ま》く扱えるのよね。

そうしているうちに、ピザトーストの匂いが近くを歩いていた四人の冒険者一行の鼻に止まる。

「おー、旨《うま》そうな匂いだな。もうやってるのか？　俺らにもその焼いたパンみたいなのくれるか？

出かける前の腹ごしらえだ」

そう言って、彼らがテーブルにどかっと腰を下ろした。

まだ準備中だったけどせっかくのお客様だし、ピザトーストならすぐできるしいいか。

「はーい、やってますよー。ピザトースト四人前ですね。少々お待ちください」

私は笑顔で応え、ピザトーストを四人分作る。

急いで食べてきたのかテンちゃんがキッチンに来てくれたので、テーブルに運んでもらうようお願いした。売り物としての食事は作ったことがないので、何だか気恥ずかしい。

テンちゃんが危なげなくゴツいお兄さん達のテーブルに「お待たせしました」と運んでいく。

よし、よくできたぞ、テンちゃん！

私はキッチンからそっとお客様の様子を覗《のぞ》いた。

「ほう。珍しいパンだな、チーズの下にベーコンや野菜、それに赤いソースもついてる」

「余所《よそ》の国の食べ物なのかもな」

「とりあえず食おうぜ」

そんなことを話しながら、冒険者さん達は一斉にぱくっと口に入れる。

……沈黙。

何、どうして黙っているの。

何か使っちゃいけない素材があったのかしら。早々にやらかしたの、私？　店できなくなる？

私は血の気が引いた。ちょっとアワアワしそうになった時、「「「うっまー！　何これ何これうっまー！」」」と兄さん達の絶叫が聞こえる。

「パンもすげー柔らかくて、ふわっとちぎれるぞ。おい」

「下の赤いのはトマトを潰して煮てるのかな。なんか甘酸っぱいつうか、チーズに合ってる！」

「オニオンもパンに乗せて焼くと甘くて旨《うま》いじゃねーか」

「やべー、うますぎる。姉さん、俺もう一つ追加！」

「俺も！」

……やだ脅《おど》かさないでよ、お兄さん達。寿命縮んだらどうしてくれんのよ。いきなり路頭に迷うかと思ったじゃない。

いや、皆を路頭に迷わすなんてしないけど。

美味《おい》しいならもっと早く言えっつうの。自信はあるけど不安もあるんだよ。

美味《おい》しい時はすぐに言うウチの子達を見習いたまえ。

私は心配して損したと思いながらも、「はーい♪　ただいまー♪」などと反射的に応えていた。


……それからが、恐ろしかった。

ピザトーストの兄さん達の後にやってきたいかついオッサンは、焼き肉丼をおそるおそる食べた途端、涙をこぼして私の手を掴みぶんぶん握手をするわ（テンちゃんが「……お客様がお待ちなので」と引《ひ》き剥《は》がす高等テクニックを見せてくれた）、母親と小さな男の子がカップケーキをガン見してるので試食させると、いきなり袋詰めのを四つ掴んで「これください！　これください！」と連呼するし、ついでにクッキーを味見してた男の子が「ママこっちも！」って無理やり母親の口に味見用のクッキーを放り込み、モグモグした母親が「やめて美味《おい》しすぎる……」とクッキーも四つお買い上げ。いや籠のありったけはやめてね。買い占めなの？　どんだけ甘味に飢えてたの？　びっくりするから。その上会計の後に籠に補充したら、またふらふら寄ってくるし。

「明日もやってますからね！　明日も！　数日はいますから、またいらしてくださいね～♪」と言って、どうにか帰っていただきました。

焼き肉丼を食べていたオッサンはクッキーを味見してまた泣き出し、「妻と子供に」とか言って袋を二つ掴んで離さないしね。

女性も子供もお菓子好きな人多いのねぇ。メイドバイジャパニーズ、気に入ってもらえて何よりだが、少し怖い。

プルちゃんもクラインもミリアンも品出ししたりお代わり持っていったりと働いてたんだけど、間違いなくテンちゃんとトラちゃんがMVpでした。

注文聞いて持っていくまでのスピーディーな動きと安定感。トラちゃんなんか若いお兄さんに『意中の女性がいるなら、うちのお菓子とかとても喜ばれると思います。プレゼントに如何《いかが》ですか？期間限定モノは特に女性が食いつきますよ』と書いた紙を見せるなど、営業スキルまで上がってる。

一方、テンちゃんは無口だから最低限の受け答えしかしないんだけど、長年生きているせいなのか、動きが洗練されていた。女性のお客様には椅子を引いてくれとか、頼んでないからね私。

ラーメンの食べ方も、啜《すす》るほうが美味《おい》しいとかやり方を教えてくれてる。

そうそう、ラーメンも一人が注文した後は、かなり売れた。家族を連れて戻ってくる人や、メニュー全種類制覇する猛者《もさ》もいる。

いや青空食堂って、こんな過酷だと思わなかったわ。青空、見てません。ほぼキッチン篭りきり。

夕方にはもうスープがなくなり、クッキーとカップケーキも在庫切れ、肉だけはまだまだあるものの、炊《た》いたご飯がなくなり、早めに店じまいとなった。

明日もやるんだよな？　待ってるからな！　と店を閉めるまでに食べられなかった人に、有り難いお言葉を頂く。

なんだ、私が美味《おい》しいと思うものを美味《おい》しいと感じてくれる人、多いじゃない。

これなら、美味《おい》しいものを広める旅も楽しいね、うん。

宿屋まで歩いて二十分もかからないが、馬車に乗って戻る。

とりあえず疲労困憊《ひろうこんぱい》で死んだ魚のような目をしているクライン達には、宿で特別にオーガキング様のデミグラスシチューを食べさせよう。そうしよう。私もくたくただ。

しかし、なぜかあの忙しさを同じように過ごしたテンちゃんとトラちゃんはとても元気だった。

トラちゃんはベースがぬいぐるみだからともかく、テンちゃんは慣れない環境で子供（の姿）だし、一番疲れていると思ったのに。

彼に疲れてないのか聞いてみると、「全然平気。……皆でお店、楽しい。……明日も頑張る」と嬉しそうに笑う。

あまりにその笑顔が眩《まぶ》しすぎて、私は糸目になる。

皆さーん！　ここにー！　ここに天使がいまーす！

だが、ここからが本番なのだ。

嵐のような初営業が済み、宿屋に着く直前に私はハッと気がつく。市場で米やら明日の食材やらを買わねば。

私は皆との夕食を早めに済ませ、明日の準備をする。

オーガキング様のお肉はやはり激ウマでした。

さて、やるぞー。

魔法で山のように食材を切り、飯を炊《た》く。

アイテムボックスって、本当に容量無限よね、頼むわよ、と不安になるくらい、ラーメンスープの出汁《だし》汁《じる》を作り寸胴ごと入れ、ミソ汁も鍋ごと幾《いく》つも保存。鍋も寸胴も足りなくなって途中でトラちゃんにお願いして日本の業務用のでかいのを幾《いく》つも買い込み、それに焼き肉丼用のタレに漬け込んだ肉を仕舞い込む。毎日同じじゃ飽きるだろうと、しょうが焼きも作って保存した。

麺も一気に千人前くらい作って茹《ゆ》でた状態で保存。

これなら、注文聞いてスープ入れればすぐ出せるもんね。

今日と同じようくらいお客さんが来るなら、馬車で茹《ゆ》で作業をする時間が惜しい。それに疲れる。もうぜーんぶ、出来上がり、後は器《うつわ》に盛るだけの状態でアイテムボックスにしまっておく。だが、流石《さすが》に盛り付けたものを入れるのは止めといた。

クッキーもアーモンドのとココア味のを、ばんばん魔法で焼いては袋詰めにし、焼いては袋詰めにしを繰り返す。さらに、カップケーキを焼こうとして、パウンドケーキのほうが好きな幅に切り分けられて良いかも、と変更した。

型も追加でトラちゃんから買い込み、どんどん焼いていく。

今日は売れ方が分からなくて控え目な量だったが、明日からはバッチこーいよ。

全部の仕込みを終わらせると風呂で疲れを癒《いや》し、私はもぞもぞとベッドに潜り込んだ。


さて、なんだかんだで大盛況のまま三日。本日がブルーシャでの営業最終日となる。

初日に泣きながら焼き肉丼を食べたオッサンは、ブルーシャから船で二日ほどのところにあるピモス島というところに家があるという。ピモスは村が一つあるだけの小さな島のようだ。

毎度、冒険者仕事の収入で日用品の購入などをしているんだと話してくれた。

彼は、営業初日に帰る予定だったみたいなんだけど。連日来てるぞおい、はよ家に帰れ。

どうやら、日替わりで変わる甘味を妻と娘、ついでに村の人への土産《みやげ》にしたいようだ。愛情深い、いいオッサンでした。

そんな家族想いのオッサンを最終日だし、と会計の時にこっそり手招きする。

彼は飽きもせず焼き肉丼を食べて涙を流し、今日のお菓子であるアーモンドチョコとマーブルクッキーを抱えていた。

「お客様は働くお父さんの鑑《かがみ》だから、これはサービスです」

私は彼にショーユとミソ、そして焼き肉のタレを小分けして瓶に入れたものを渡す。

「いっ、いいのか、そんな貴重なものを！」

「いえ、これからブルーシャでも売りに出せるように商業ギルドに話をする予定なので、その際にはご贔屓《ひいき》にお願いします」

「勿論《もちろん》だ！　これがあれば妻と娘にも焼き肉丼を食わせてやれるなっ。ミソ汁も是非《ぜひ》味わってもらいたかったから、おじさんは本当に嬉しいよ」

そう言って泣き出すオッサンを、目立つからと宥《なだ》めた。

オッサンなんか可愛いっす。

他にも、近くのレストランのオーナーが家族で毎日食べに来ていて、クラインに調理法を聞いていた。だが、まだ塩と砂糖と蜂蜜《はちみつ》しかないのに教えようがない。

「実は、これから新しい調味料であるショーユとミソを商業ギルドを通して売りたいと思ってますので、それを使えば似たような料理が作れますよ（あくまでもお前の腕次第だがな）」

と、クラインは営業していたらしい。

ミリアンやプルちゃん達も、「調味料やお菓子のご用命はマーミヤ商会をよろしく」とあちこちで触れ回っている。

そう、販売するにも個人で売ると色々な問題が出るので、旅に出る前にクラインが会社を立ち上げてくれていた。名前はマミヤハルカのマミヤから取ったと聞いている。

これからは、調味料やお菓子などをこのマーミヤ商会から卸《おろ》すことに決まっていた。しかし最初の計画では調味料だけだったような気がする。別腹好きなプルちゃんが勝手に追加したんじゃなかろうか。

まぁ私が別腹の美味《おい》しさを伝えたから仕方ないか。

こうして、最終日は早めに店じまいした。

山ほど作り置きした料理はほぼ綺麗に売り切れ。売り上げは相当なもので、仕入れと必要経費を除いてもホクホクだ。今夜はパーッと豪勢なもんでも食べに……行きたかったが、「ハルカが作ったご飯以上のご馳走《ちそう》はない！」と即答され、結局私が作る羽目になる。

君達、シェフを休ませようという気持ちはないのかね。

でも私も美味《おい》しいものを食べないとテンションが下がるので、仕方ない。

クラインやミリアン、プルちゃんは言わずもがなだが、新入りのテンちゃんも私のご飯やお菓子を全部、美味《おい》しい美味《おい》しいと食べてくれる。とても嬉しい。

プルちゃんとテンちゃんは年が近い（といっていいのか不明だが）せいか仲良しで、「これはこうして食べると美味《うま》いんだ」とか「客の上手《うま》いさばき方」など色々教え合っているようだ。

さて、私は夜、大浴場でまったりしつつ疲れをほぐした。

明日はいよいよ商業ギルドでショーユとミソの取引について商談予定だ。

代表として一つ頑張りますか。

翌日。ブルーシャ商業ギルド。

「すみませーん、お約束をしていましたマーミヤ商会のモノですが」

私とクラインが約束の時間に商業ギルドの扉を開けると、「いらっしゃいませ！　ギルドマスターを呼んできますので少々お待ちくださいね！」と食い気味に、受付の兎《うさぎ》の獣人のお兄さんが迎え入れてくれた。

あー、ミソラーメンが好きな人だ。

このお兄さんの顔に、私は見覚えがある。

考えてみたら、三日も店を開いていたので結構な数のお客様が来店した。同じ町だし、その中にギルドに働くお客様がいてもおかしくはないよね。

もしや、商談がしやすいのでは、と私はちょっと緊張が弛む。

さらに、階段を急いで下りてきたギルドマスターが、メニュー全種類制覇したオッサンだったのはちょっと笑ったけれど。彼がこちらのギルマスさんでしたか。

「ハルカさんでしたよね？　いやいや本当に美味《おい》しいものを食べさせていただきまして！」

応接室の一つへ案内しながら、ギルマスのアイアンさんがニコニコと話しかけてくる。

さらに私達が椅子に腰を下ろしたと同時に、私より若く見える女の子がお茶を持って入ってきた。

「ハルカさんのとこで売ってたパウンドケーキ、家族で一気に食べてしまいましたよ。甘みが控えめでフルーツの甘酸っぱさと相まって、ほんと最高でした！」

下がり際に、そうお礼を言われる。

「ありがとうございます。こちらこそ～」

どうやらギルド勤めのお客様がかなりいたようだ。

ありがたいことで。

「さて、早速お話の件ですが……」

お茶をご馳走《ちそう》になっていると、アイアンさんが私の顔を覗《のぞ》き込《こ》んでくる。

「はい。実は、新しい調味料であるショーユとミソというのを、こちらのギルドを通して売っていただきたいんですが」

「あの料理の味付けのもとですね。こちらこそ喜んで。町の発展にも繋がりそうです。商品はお持ちですか？」

「はい、こちらに」

五百ミリリットルのペットボトルサイズの瓶に詰めたショーユと、樽《たる》で持ってきたミソを、クラインが鞄《かばん》から取り出す。

「見本なのでこれしかないですが、ショーユ百本とミソ三十樽《たる》を馬車に積んでます。すぐに引き渡しは可能です。ミソは器《うつわ》の生産が追いつかないので樽《たる》になってますが、量り売りという手もあるかなと」

そして、流れるように説明を始める。

ふんふん、と話を聞いていたアイアンさんだが、値段の話になったところで待ったをかけた。

「ショーユが五十ドランで、ミソが百グラム十ドラン？　ちょっと安すぎませんか？　あんなに美味《おい》しいものが作れる調味料なのに！　むしろ倍でも売れますよ！　うちも手数料で売上の五パーセント頂きますし、利益がなくなるんじゃないですか？」

ギルマスが高く売れとか言ったらあかん。手数料も消費税以下だし折り込み済みさ。

私は笑顔で返す。

「どちらも元は大豆で、時間はかかりますが、それほどコストはかかってないんです。むしろ高くして一般家庭では手に入りにくくなるほうが困ります。食レベルの底上げをしたいので、薄利多売で行ければいいかなと考えています」

「確かに、あれを食べてしまうと、今までの飯は何だったのかと思っちゃいますよねぇ……」

アイアンさんがため息をつく。

「そういうことなら、勿論《もちろん》、こちらで全て販売するのは問題ありません。ただ一つお願いが……」

「何でしょう？」

「ショーユとミソを使った料理というのを幾《いく》つか、町の料理人や一部民間の者に教えていただければ有り難いのです。何しろ今までなかった調味料なので勝手が分からないと言うか」

「お安いご用です。ですが明日には一度リンダーベルに戻ろうと思っておりまして、できたら今日の午後は可能ですか？」

「大丈夫です！　もう早速ぱぱーっと伝達しますので、ハルカさんもクラインさんも一度宿屋に戻ってお待ちください！　お迎えに行く際に、ショーユとミソはうちの者が運びますからご安心を」

やたらと喜んでいるアイアンさんに見送られギルドを出た私達は、のんびりと商店街を冷やかしながら宿屋へ向かって歩き出した。

「なあハルカ」

「なあに？」

「……いいのか、その、料理のレシピとか教えてしまうと、真似されてうちの店の売上げが落ちたりするんじゃないか？」

「むしろ売上げが落ちるくらい他のお店の料理が美味《おい》しくなってくれたら万々歳じゃない。うちは調味料メインで売るんだし、あくまでもサンプルとして料理出してるだけだもん。うちの調味料を使ってもらえたら利益はそっちで確保できるよ」

「あー、まあそうか」

「それに、身内に作るのはいいけど、やっぱりお客様に出すのは量も作らないといけないし皆も大変だから、最終的にはお菓子みたいな日持ちするものだけ作って売れたらいいなと思ってるのよね。全然オッケー」

私はそれにねぇ、と続ける。

「日本の食いしん坊達の歴史を舐《な》めたらダメなのだよ。無限に近いメニューがあって、十や二十教えたところで困らないわ。それに、それぞれ同じように作っても味は変わるのよ。料理人も努力しないと美味《おい》しいものなんてできないし。料理は愛情だからねー」

「……ハルカは欲がないんだな。普通はもっと儲《もう》けたいと思うだろ」

クラインが苦笑した。

「欲？　あるよー。欲の塊《かたまり》よー」

「ふうん？　どんな？」

「皆となるべく長く仲良くしてもらいたいなーとか、いつか結婚とかして子供が欲しいなーとか、のんびりと仕事しながら暮らしていきたいなーとか、色々よ」

「……ハルカは結婚したい男がいるのか？」

「まさか。まだ安定した生活が先よ！　無職のちんちくりん顔で料理ができるだけの女なんか貰い手ないわ、あははは っ」

「ちんちくりん？　ハルカは綺麗だと思うが」

「お世辞はいいわよ。ちゃんとお昼ご飯作りますってば。さあ、皆も買い出しから帰ってくる頃だし、さっさと戻ろうか。別腹は何がいいかしらねぇ」

フルーツゼリーとか久々に作るかな～、と悩みつつ、私とクラインは宿屋へ向かうのだった。


買い出しから戻っていたプルちゃん達と宿屋で合流し、昼食がてら私とクラインは商業ギルドでの出来事を報告する。

ちなみにお昼は簡単に、作り置きしていたチキン南蛮《なんばん》丼とワカメのミソ汁だ。

「まぁ商品売るためだし、ぱぱっと教えてリンダーベルに戻るんでしょ？」

トラちゃんの運んできた紅茶を飲みつつ、ミリアンが私を見つめた。フルーツゼリーを皆に配りながら私は頷《うなず》く。

「昨日クラインが言ったように、城下町から先にやらなきゃいけなかったのよね、本当は」

そう、営業三日目終了の昨晩のことだ。

夕食後、頑張った達成感もあって少し浮かれていた私達に、クラインがすまないが、と告げた。

「今回、ブルーシャでのお披露目は上手《うま》くいったと思う。多分明日のギルドとの話し合いも特に問題ないと思う。だが……」

「だが？」

「旅に出る前に、リンダーベルでまず広めてから行くべきだったんじゃないかと思ってな。ブルーシャはもうしょうがないとしてもだな、サウザーリン王国の城下町から広めるのが常道だ。一番大きな町が一番食レベルが上がるのが遅くなるとか、おかしいだろう」

「……あー、言われてみればそうよね。何か住んでるとこ後回しみたいになってたわよね」

「ワタクシ旅に出るのが楽しみで、コロッとその辺考えておりませんでしたねぇ。いやはや何ともはや申し訳ございません」

「オッサンみたいな言い回しをするなハルカ。それと今回、ブルーシャにショーユとミソを卸《おろ》すなら、在庫もないと困るしな。戻りがてらリンダーベルでも店出して、商業ギルドで卸《おろ》す手筈《てはず》を整えてから改めてまた出かけるほうが、後で変にゴタゴタせずに済むだろう。まだ動き始めたばかりで、どっちの町が一番とかの差は出ないだろうから。それに、旅から戻ってきて他の町より飯が不味《まず》いのより、少しでも旨《うま》く進化してたら嬉しいだろ？」

「「ごもっとも」」

といったやりとりがあり、一度リンダーベルに戻ることを決めたのだ。

（ま、ケルヴィンさんにも会いたいし、頼んでおいた豆腐の状況も確かめたかったし、ちょうど良かった）

などと考えてるうちに、商業ギルドからのお迎えが来る。私とクラインはショーユなどを若いお兄さん達に運んでもらいつつ、近くの一番大きなレストランまで、講師とその助手といった体《てい》で向かうのだった。

数時間後。ぐったりした私達が帰ってきたので、皆は何事だ、とわらわらと集まった。

私に至っては話すのも億劫《おっくう》で、「とりあえず明日には元気になるから」と作り置きの鮭のムニエルとコーンスープとご飯、パンをアイテムボックスから出してテーブルに置く。そして、もう寝るねと布団に潜り込んで、本当にそのまま爆睡してしまった。

「何でハルカはこんなに疲れてるのよ？」とミリアンがクラインに詰め寄ったが、彼も「申し訳ないが俺も疲れすぎて」と男性用のツインルームに早々に戻ったそうだ。

ちなみに寝起きが悪いプルちゃんと、自分は私のボディーガードだと思っているトラちゃんは二日目から私と一緒に女性用ツインルームで寝ている。つまりテンちゃんとクラインが男性用ツインルームを使っていた。

「何があったのかしらね、テンちゃん？」

「……分からない。明日教えてもらおう。僕もご飯食べて早めに寝る」

「そうだな。トラ、俺達も早寝するか。まあ俺も飯は食うけどな」

「（コクコク）ワタシは片付けてからですね」と書いたメモを出しトラちゃんが頷《うなず》く。

明日はリンダーベルへ向かって出発だった。

□□□

リンダーベルに帰る日がやってきた。

まだぐったり気味の私とクラインは少し遅めに起きると、皆と朝食を食べつつ、さっさと話せの視線に耐えかねて昨日の顛末《てんまつ》を語った。

私は、トーストに目玉焼きを乗せてかぶりつき、ぐーぐー鳴る腹の虫を抑えて話す。

「……もう何が怖かったってね、小さなレストランに百人を超える人達がいてね、なんか物凄《ものすご》い熱気なのよ。立ち見御礼よ。ぎゅうぎゅうよ？　コンサートかっつうのよ。私は精々五、六人とかだと思ってたのに、いきなり貴族お抱えシェフとか料理研究家レベルまでいてハードル上げられてるし。私は素人《しろうと》だっつうのよ」

「ハルカはビビりだからな」

クラインが苦笑しながらオニオングラタンスープをスプーンで掬《すく》い、呟《つぶや》いた。

「聞こえてるわよ。でも間違ってはないから不問にするわ。でね、ミソ汁の作り方教えては『うぉー！』、焼肉のタレの作り方教えては『うぉー！』、肉のミソ漬けの作り方を教えては『うぉー！』よ。教祖かっ、て心でツッコミ入れたわっ。元の世界じゃ大した知識でもないのに大袈裟《おおげさ》に有り難がられるとか、どんな辱《はずかし》めなのよ」

「いや、でもハルカ、こっちでは普通の知識じゃないし仕方なくない？」

ミリアンがトーストにブルーベリージャムを塗りつつ、トラちゃんにコーヒーのお代わりを頼む。

「……ミリアンは、『顔の洗い方』とか『馬車の乗り方』とか大概の人が知ってるようなことを教えて、女神みたいに拝《おが》んで感謝されたらどう思うのよ」

「……恥ずかしさで死ねるわね」

「私もそうよっ！　だから早く終わらせて逃げたかったのに、話だけじゃ分からないだろうから、わざわざ来てくれた人達に実際にミソ汁とミソ漬けと焼肉を作ってもらったの。そしたら、『お前ら今の話聞いてたのか』ってくらいマズいのよ？　個人差ってだけじゃ片付けられないわよ。ミソ汁の出汁《だし》くらい取りやがれってのよ。……しょうがないから作り方を見せようとミソ汁を作ったら、大興奮で飲んでくれたのはいいけど、ミソ漬けも焼肉も見本を、ってあんた達ただ食べたいだけじゃないだろうな！　その上魔法も使えないから結構面倒でね」

「ハルカは小心者だから、笑顔で作ってたな。来た奴らの食いっぷりはもう試食って名前の争奪戦だった」

オニオングラタンスープのお代わりを受け取ったクラインが思い出し笑いする。

初めてハルカの食事を食べた時は自分も同レベルだったことは記憶の彼方《かなた》だ。

「……ハルカをこき使うとか、この町の人間てバカなの？　僕が少し調教……お仕置きする？」

テンちゃんがトーストを頬張りながら珍しく長い台詞《せりふ》を喋《しゃべ》った。超不機嫌顔である。

「テンちゃん本気でやりそうだからやめて」

私は慌てて止める。魔族がお仕置きとか、町が殲滅《せんめつ》してもおかしくない。

「まぁ、それで一応最後は皆、そこそこのミソ汁が作れるようになったから無事に終わらせてはきたんだけどね。あのままだとろくな料理のされ方しないと思うのよね……」

こちらの人にとっては未知の調味料なのだ。適量の判断すら大変なのである。

「きっちり教えるのも難しいしねえ、私が毎回講師に行くわけにもいかないし。いや、もうイヤだし。でもできるだけ早く上達してほしいしなー。うー」

私が頭を抱えていると、とんとん、と肩を叩《たた》かれた。トラちゃんである。

『ワタクシが愚考いたしますに、基本的な調理方法が書かれた本を作って、それぞれの町で配れば良いのではなかろうかと。あちらの世界でも料理本というのがございますよね？　ご主人も毎度辱《はずかし》めを受けなくて済むのではと推測いたします』

差し出された紙に書かれた内容を読み、私はトラちゃんの肉球が気持ちいい手を掴む。「あなた天才」とニギニギした。

話し合いの結果、トラちゃんのネット通販を利用して何冊か料理本を購入し、私が簡単にできそうな料理を解説、トラちゃんがそれを聞いて原稿を書き、冊子にして商業ギルドに一冊ずつ配るということに決まる。印刷技術は木版くらいしかないそうなので、増刷したければ勝手にやってもらえばいい。

ちなみに何で私の普段作っている料理の本にしなかったのかというと、単純に目分量とフィーリングで味つけしているため、詳しいレシピを決めるのが難しかったのである。

ブルーシャの商業ギルドにはその料理本の説明をし、後日リンダーベルで完成次第、送付することにして無事に出発した。

□　□　□

「しかし……ハルカはビビりのクセに本当にメンタルが折れないな」

馬車に揺られながら、クラインはプルに話しかけた。

視線の先にはテンと焼おにぎりを頬張りながら呑気に話をしているハルカが見える。

「それがハルカの良さだな。打たれ強いというか、打たれてるのに気づかないっつうか。転生者には多いタイプだが。まぁそんなかでもハルカは、色々と言い様はあるが、一言で言やぁ『お人好しな前向きバカ』だ」

「プル、お前の正直なところは嫌いじゃない。ところで前々から気になってたんだが、ハルカは何で自分を過小評価するんだろう。食いしん坊ではあるが優しいし、思いやりもある。かなり美人だと思うが傲慢《ごうまん》なところもないのに、自分をちんちくりんとか凡人とか言って、一般女性より下に見てる気がするんだよな。あっちの世界ではハルカくらいの美人が沢山《たくさん》いるのか？」

「いや、いないこともないけど、向こうの世界でもそれなりに上のレベルだと思う。ただ、あれは性格的なこともあるけど親の育て方だな」

「ほう？」

「普通だと、可愛い娘が生まれたら蝶よ花よで育てる人間が多いが、ハルカの両親は『顔がいいことだけで生きていけるのは若いうちだけ。ちやほやされて勘違い系のダメな大人になるより、一人でも逞《たくま》しく生きていけるように手に職つけ、家事もできるようきっちり育てよう』って方針だったみたいだ。まあ必要以上に可愛いとか綺麗とか言われなかったせいで、『自分は平凡かそれ以下の容姿だから、他で勝負できるように親が色々教えてくれた』とハルカは言ってた」

「うん、親心が全く伝わってないケースだな。むしろ変に拗《こじ》らせてる。だが、周りから普通にチヤホヤされたり、男からデート誘われたりとかしただろう?」

「どうも、女の子の友だちってのがなかなかできなかったらしい。両親が亡くなってからは生活費を稼ぐので忙しくて、時間もなくて友だちを作るゆとりもなかったとか言ってた。多分その前の学生時代は、女の嫉妬《しっと》じゃないか。美人は性格悪いと思われがちだろ? 恋人取られるかもとかさ」

「何となく分かるが、男だって放っておかないだろ?」

「そこがまた残念なところでな、たまに誘ってくれた男性がいて、デートらしいものを何度かしたみたいだが、食べ歩きばかりしてたし、『話しかけようとすると顔を背《そむ》けられることが多くて、これはどう考えても、同情で誘ってくれたんだろう』と申し訳ないなーと思い、誘いをなるべく断るようにしてたそうだ。男性が食いしん坊な自分ごときを、正視できずに照れてるなんて思いもよらんことだったらしい」

「残念にも程《ほど》があるな。というか、ハルカは謙虚とか全く思ってないに五百ドラン賭けてもいい」

「俺も全く思ってないに五百ドラン」

「それじゃ賭けにならないだろ。……しかし道理で俺がさりげなく綺麗だ可愛いだとか言ってもスルーされたわけか」

「うわ！　お前そんなこと言ってたのか。恥ずかしいな、おい。惚《ほ》れてんのは気づいてたけど、ハルカはお前には無理だ。やめとけ」

「……何でだ」

「王子様と知ってお近付きになりたがる女なんて政略結婚目当てか、単にブランドに憧れるだけのおつむ空っぽな娘ばっかだったろうが。そもそも論としてだな、ハルカが王子様だと知って、お前から告白された場合、返しの予想つくだろ」

「王族に利用されてちゅどーん自爆ルートへの不安再燃、とてもそんな器《うつわ》ではないと、即お断り」

「ぴんぽーん。ついでにもう一つ『堅苦しい王宮で、好きなものを作って食べることもままならない生活なんて耐えられない』つうのも、多分ある」

「何一つ否定できる要素がないな」

「だろ？　まあ暫《しばら》く胸に秘めとけ。できたら消滅させろ。まったくよう、テンもハルカ大好きだしなぁ。恋愛かどうかは分からんが。ハルカは無意識に人たらしだから。ああ、テンは人じゃないか」

「何となくそうじゃないかと思っていたが、やはりか」

「どっちにせよ、今はそんなことよりハルカと色々やらかしてるほうが俺は楽しいから、変に邪魔するなよ。ハルカが恋愛脳になるまでは、とことん妨害するからな、現状維持で我慢しろ。お前も出禁になったらイヤだろ？」

「……分かった」

「――クラインもプルちゃんも、はいオヤツ」

そこに、ハルカがやってきて二人にショーユせんべいをくれる。「たまには甘くないのも良いでしょ」と、ニコニコして戻っていった。

「好きな女の手作りのおやつに笑顔とか、なかなかの苦行なんだが」

「大丈夫だ。恋は堪え忍んでこそ花開く、……そのまま枯れるのもまた一興」

「さらっと縁起でもないこと呟《つぶや》くな……あ、これ美味《うま》いな。小さめのが食べやすいだろホラ」

「枯れてくれたほうがいいけどな……ああ本当だな。俺様口がでかくないから助かる」

仲がいいのか悪いのか分からない会話が続く中、皆を乗せた馬車はリンダーベルへ向かってのんびりと進んで行くのであった。

5　ホーム帰還とセンチュリオン討伐と

「帰ってきたーって感じがするわよねぇ。リンダーベルに戻ると」

三日後。今回はテンちゃんのお蔭で特に迷いもせずリンダーベルへ戻ってきた私達は、太陽がさんさんと降り注ぐ風景を見て伸びをした。

一旦自宅に戻るミリアン、クラインと別れる。夕食は私の家に集まる約束をしたので、それまでは自由時間だ。

トラちゃんに、ケルヴィンさんのところまで戻った旨の連絡と夕食の誘いのお使いをお願いし、私はプルちゃんとテンちゃんを連れて自宅に戻った。

留守にしていた間の家の掃除に取りかかる。

魔法も使いなれてきたのか、あっという間に終わった。

「テンちゃんは使ってない部屋があるから、そこで寝泊まりすればいいからね」

物珍しそうに家の様子を眺めていたテンちゃんに告げる。

「……プルとかも、同じ部屋で寝てるなら僕もいっ……ぶふぉっっ」

プルちゃんの飛び蹴りが腹に決まり、テンちゃんがうずくまった。

「こらこら、プルちゃん。帰って早々はしゃぎすぎ。ふざけてないでお茶淹《い》れるの手伝ってよ、トラちゃんいないんだから。久々にちゃんと食事も作ろうか、ケルヴィンさんも来るだろうし」

「ほーい」

プルちゃんはテンちゃんに口パクで（後でな）と伝えた後、キッチンにいそいそ向かった。


そして、久しぶりに皆揃った夕食である。

肉じゃが、カレイに似た魚の煮付け、キンピラゴボウに葱《ねぎ》のミソ汁にご飯という日本食メニューを見たケルヴィンさんが、「ああ、十日ぶりのハルカさん飯……」とマイ茶碗に顔をすりすりした。

そう、クラインもミリアンもマイ茶碗を私の家に置いているのだ。

マイ箸は皆の分をネット通販で買ってあげたので、日本食の時はなるべく箸を使うようにしている。皆随分使い方が上手《うま》くなった。お茶碗のご飯はフォークでは食べづらいし、スプーンだとおかずが取りづらいと言うほどだ。

テンちゃんにも、トラちゃんのネット通販で好きなデザインのお茶碗とお箸を買ってあげたが、いきなりは難しかったようで、フォークとスプーンも用意した。

「……早く使えるようになる」とお箸を大事そうに受け取ったテンちゃんは、大変ぷりちーでございました。まあ五百歳超えたジー様とは言っても、魔族の世界では青年期みたいなので、可愛いって表現も許してもらおう。

さて、どうやらケルヴィンさんの話では、私が土に成長を促進させる魔法をかけたためか大豆の収穫が早く、ばんばんミソやショーユの製造に回し安定供給できそうとのことだ。

豆腐もニガリが何とか作れそうとの耳よりな話が聞けた。

こちらも、ブルーシャで商業ギルドを通してミソとショーユを売り出す手筈《てはず》が整ったことと、リンダーベルで同様の手段を取ってから、今度は北にあるピノの町方面へ回ろうという話になったことを伝える。

「ピノですかー、あそこは魚介類が旨《うま》いんですよねー、生でも食べられるんじゃないかと思うほど、鮮度が良くて～」

そこで私は箸を止めた。目を見開いてケルヴィンさんを見る。

「……生、でも食べられる？」

「どうしたハルカ？」

さらに目を潤《うる》ませる私を、クラインが怪訝《けげん》そうに見つめた。

「寿司………ああ、もしかしたらこの世界では無理かもと思ってた、日本食の最終兵器がっ！　……はっワサビ、ワサビがいるわっ！　ワサビのない寿司なんてもう食べられない体なのよ！　この国になければトラちゃんから大人買いするわ、明日仕入れついでにワサビを探すわよ、トラちゃん！」

『かしこまり』とメモを渡したトラちゃんの手を取り、くるくるとテーブルの周りで踊る私達に、

「スシというのは恋する乙女みたいになるほど旨《うま》いのか……」とギラギラとした目で旅への執着を深める皆の姿があった。

□　□　□

リンダーベルでの青空食堂の営業も、ケルヴィンさんの尽力で市場と近い（冒険者ギルドにも近かった）広い空き地を使わせてもらえることになった。

ただし、一番の城下町なのに三日で店を終わらせては困るというケルヴィンさんからの強い希望で、五日間の営業になる。

ブルーシャから帰ってきた後の三日間は、私の作り置き準備期間と、皆の討伐という名の不要な魔物の殲滅《せんめつ》と食堂で使う食材探しに充《あ》てられた。流石《さすが》に肉の在庫がほぼ切れそうだったのだ。

ついでに素材も大分買い取ってもらったので懐《ふところ》もかなり潤《うるお》った。

むしろ旅に出る前よりお金が増えている状態なので、ケルヴィンさんの研究所への経費も倍増させる。

私は日本のコシヒカリともち米もこっそりトラちゃんから購入し、ケルヴィンさんに渡していた。

こちらの米も悪くはないが、やはり日本の米には敵わない。

量産しつつ日本酒、料理酒、みりん、お酢の開発もお願いする。

ワサビもやっぱりなかったのでネット通販で大量に購入し、一部お試し栽培をお願いしてみた。

一方、商業ギルドに配る料理冊子は、原本が完成し、黙々とトラちゃんが写しを作っている。内容は二十品ほどのショーユとミソを使った基礎的な汁物、焼き物、煮物などを取り混ぜた。

いずれ料理人達が工夫し、そこからオリジナリティーある料理を作ってくれればオッケーだ。そのくらいの向上心はむしろないと困る。

どの町に行っても同じ料理しかないとか、旅に出る醍醐味《だいごみ》がだいぶ失せるよね。その地域の名物みたいなのがないとつまらないもん。

私は片っぱしから集めた素材を調理し、鍋ごとアイテムボックスに保存、討伐で仕入れたオーク肉をミソ漬けにして時間経過させ、いい感じに漬かったところを大量に焼いてこれもしまい込んだ。

ラーメンのスープも麺も手慣れた調子でどんどん作って保存していく。

ドードー鳥を沢山《たくさん》取ってきてくれたので、鳥塩ラーメンを作った。朝晩は冷えるのでうどんもいけるかもと細めのうどんとうどんつゆも作っておく。

さらに、豚汁ならぬオーク汁も作ってみた。味見をするとむしろ豚肉よりも濃厚な味わいが出ており、美味《おい》しい。体も温まる。

パン系もいるよね、とコッペパンも大量に作り、真ん中を割って軽く炒《いた》めた千切りキャベツとボイルしたソーセージを挟んだホットドッグと、スクランブルエッグを挟んだエッグドッグにした。

ケチャップも次回の開発に組み込まないと。まあこっちでもトマトは売っているし、簡単に作れるとは思うのよね。

これはテイクアウト専用ということで紙にくるみ、すぐ渡せるようにして収納した。

今回は、私が早くピノの町に出発したいので、トラちゃんとプルちゃんとクラインはリンダーベルでは接客せずに、営業中も討伐に行ってピノ用の食材集めに動いてもらうことにしている。

だって、寿司ですよ？

寿司食べ放題ですよ？

クルクル回っていない鮮度抜群の海の幸とか、転生前には四回しか記憶にございません。日本人として心躍らずにいられようか。否。

どんなネタがあるかは行ってみないと分からないものの、既《すで》に私の腹は寿司を切望している。寿司腹なのである。

でもピノまでは馬車でも一週間はかかるとの話だったので、少しでも早く出られるように、店が忙しかろうが討伐部隊を同時進行で出すのだ。

幸いにも、研究所の仕事も一段落していて、信頼できる甥《おい》っ子にバイトしてもらえてるとのことで、今回の討伐はケルヴィンさんも手伝ってくれるらしい。丁度《ちょうど》いい討伐依頼も出てるからとか言ってたけど、元Sランク冒険者様ですから、安全に【たまたま】いいお肉をゲットしてくれるに違いなかった。

テンちゃんもミリアンもいるが、今回は弁当やホットドッグなど持ち帰りモノを多くして、なるべく店で食べていく人を少なくする作戦だ。

ラーメンやうどんはしょうがないとしても、豚汁は大きめの蓋《ふた》つき紙コップを用意し（ピクニック用にこちらの商店で普通に売ってた）、ミソ漬け丼も焼き肉丼も、お持ち帰りできるように紙製の弁当箱（これも売ってた）に入れて売る。

食堂というよりほぼファーストフード兼弁当屋みたいになりそうだが、動ける人員に限りがあるので仕方ない。

さて、ここまで来て、スイーツねぇ、と考える。

日保ちするクッキーは定番。山のようにアーモンド、シナモン、コーヒーと作って袋詰めしたのに加え、冬場ですぐ傷《いた》むわけじゃないし、たまにはケーキもいいかとショートケーキとチーズスフレを作ってみた。生クリームは甘みの少ないほうが好みなので、砂糖控えめ。チーズスフレも甘さ控えめで、ふわふわした食感とチーズの濃厚さのバランスが良い、大人受けする味に仕上げる。

そんな風に色々作りまくって、十日は営業できるほどの料理を保存した。

うーん、けっこう疲れた。達成感はあるけど、ちょっと魔力が減りすぎたかもなー。

しかしこの先、研究所で開発した調味料の売り上げでのんびり暮らすために頑張らなくては。プルちゃんもテンちゃんもいるしね。

私は幼い弟達を養う保護者、いわゆる長女的な気持ちだったのだが、「自分がその中で一番の年下だ」ということを今一つ分かってないようだと、当人達がこそこそ話しているのには気づいてなかった。

□　□　□

リンダーベルでの営業初日。

食堂兼弁当屋兼ファーストフード兼お菓子屋（長い）の開店は、あいにくの曇り空の下だった。

だが、ケルヴィンさんが冒険者の皆さんに宣伝しておいてくれたお陰で、朝から大盛況だ。

ブルーシャからの冒険者もいて、「こないだ食った焼き肉丼が忘れられなくて……会いたかったよう」と、パーティ全員分の焼き肉弁当とミソ漬け弁当を嬉しそうに買っていく。

「ミソバターコーンラーメン、コーン大盛で」

あれ。ブルーシャの商業ギルドの兎《うさぎ》獣人のお兄さんだ。

何でも、リンダーベルでも営業するという話を聞いて、こちらの商業ギルドに連絡がてら、例の冊子ができていれば貰っていこうと、昨日から滞在していたという。

「やっぱ、ミソラーメン旨《うま》いッスね。トラさんから冊子も頂いたし、営業してる間はこちらのギルドをヘルプしつつ新作を網羅してから帰るッスよ！」と目をキラキラさせていた。

トラさんと言われると前世の国民的知名度を誇る方を思い出すのでちょっと困る。

本来の目的は終わっているのにご飯食べるために滞在とか良いんだろうかと思いながらも、美味《おい》しいと食べてもらえるのは有り難いので、私は笑顔で感謝を伝えた。

「……っ、で、ハルカさん仕事の後はお暇──」

すると、何やら兎《うさぎ》の兄さんが言いかける。けれどテンちゃんが、「どう考えても全然暇じゃないです。仕込みとかでずーっと忙しいです」と告げると、そのまま「また来ます」と落ち込んだ顔で仕事に向かった。

商業ギルドに卸《おろ》したショーユやミソが足りなくなるにはまだ早すぎるのに。

そう思って首を傾《かし》げた私のところにテンちゃんが、「大した用じゃなかったみたい」と言いにくる。だから、気にしないことにした。

いやー、それにしてもやはり持ち帰りを始めたのは大正解でしたよ。うん。

大きな町には当然それだけ多く冒険者が集まる。移動中に食べられる食事は重宝するだろうとの読みが当たった。

それに買って帰れば、家族と一緒に食べられるもんね。

「こっちホットドッグ三つとエッグドッグ二つね！」

「うどん一つ～」

「姉ちゃん焼き肉弁当二つ、あとミソ漬け弁当も二つ！」

「鳥塩ラーメン二つお願いねー」

「はいはーい」

ミリアンが注文を取ってお金を受け取り、私に注文票を渡す。それを見つつミリアンに持ち帰り商品を渡し、店での飲食はテンちゃんに渡す。

連携プレーでクライン達の不在を何とか補った。

お菓子も順調に売れており、心配していたショートケーキとチーズスフレも、もうすぐ完売する勢いだ。

夜間に明かりがついてるところは少ないし、夜までやっても物騒なせいかお客様は少ないし、酔っ払いが多くなる。デメリットのほうが多いので、私達は店を夕方に閉めることにしていた。

ボチボチ片付けるかなぁ、とお茶を飲みながら馬車の中のキッチンで考えていると、「ハルカ……お客様がシェフに会いたいって」と、テンちゃんがキッチンにやってくる。

「……怒ってる？」

「ううん……美味《おい》しかったから御礼を言いたいって」

表を覗《のぞ》くと、若夫婦みたいで、小柄な獣人のお兄さんとスレンダーな美女がテーブルでショートケーキとチーズスフレを食べていた。

私を呼んでいるのは、あのお二人のようだ。

なんとなく緊張しつつ、ご挨拶《あいさつ》に向かう。

「ありがとうございます。私がシェフのハルカです」

掛けた声にパッと笑顔で振り向いた美女は、三十の年齢には届かないだろうが、私よりは年上に見える、妖艶な人だった。

向かいに座っている男性は、美女より小柄の見目麗《うるわ》しい犬の獣人の青年だ。

どちらもきらびやかではないが、しっかりしたいい作りの服を着ている。

美男美女ってダブルで眩《まぶ》しいわ。

「貴女《あなた》がこれを全て作っているの？　このケーキといい、先ほどの鳥塩ラーメンといい、本当に美《お》味《い》しかったわ！」

「僕の食べたミソ漬け弁当もとても美味《おい》しかった。若く見えるのに、かなり料理の経験を積んでいるようだね」

にこやかに微笑《ほほえ》み、お兄さんも誉めてくれる。

「ありがとうございます。私はこの国からかなり離れた小さな島国の出身なので、調理法も調味料もその国のものを使っております。お気に召していただけてこちらも嬉しいです」

「気に入ったわ！　また来るわね」とチップまで貰ってしまった。

この人達は、所謂《いわゆる》上流階級の方なのだろう。話し方一つにも品が感じられる。

そして、帰りにクッキーと焼き肉弁当も沢山《たくさん》お買い上げいただく。

(なんか、色んな人に食べてもらってるのねぇ……有り難いやら申し訳ないやら)

私はお辞儀をして見送りつつ、複雑な思いを抱いていた。

転生前の私は、ただの食い意地の張った大学生。自炊が必須の経済状況だったので、かなり料理はしていたが、プロのレベルかと言われると畏《おそ》れ多い。だが趣味かと言われると、生活に根差したものなのでそれも違う気がする。

ただ、この国になかった調味料が使えるだけですからねぇ。もう少し自分でもクオリティーを上げないと失礼かもしれない。

お金を頂いてる以上はプロなのだ。トラちゃんからもっと料理本を入手して腕を磨かねば、と改めて思う私であった。

□　□　□

「は、ははは、は、は、母上？　こここれは？」

俺は今、テーブルの上に載っているモノを見て、頭の中で『なぜ』にぶんぶん飛び回られていた。

「あら、クライン。パパと城下町にお忍びでデートに出かけたら、とっても美味《おい》しいお店がやってたのよ！　期間限定なんですって。お土産《みやげ》に皆にも買ってきたわ♪　フフフ」

家族一同揃ったテーブルには、第一王子で王位継承者のアルベルト（二十六歳）、その妻のフラン（二十四歳）、息子のエンリケ（三歳）、第二王子のミハイル（二十三歳）、そして俺の父である、サウザーリン国王のザック（四十五歳）、王妃アゼリア（四十三歳）が席に着いていた。

ちなみに俺の両親は恐ろしいほど若く見える。十年以上前からほぼ変化してないようにすら見えるのが、この王国の七不思議の一つだ。

「シェフのハルカという可愛らしい女の子が遠くの島国の出みたいでね、味つけが独特なのよ！とっても気に入ったから、これは皆にも味わってもらわないとと思って。ねーパパ？」

「そうなんだよ。若いのにこんな美味《おい》しい料理が作れるなんてびっくりするよ。なあハニー？」

いつまでもラブラブの親は、息子としては少々鬱陶《うっとう》しい。

俺はさり気なくミハイル兄さんを睨《にら》み付《つ》けたが、彼は心外だと言わんばかりに首を横に振った。つまり、兄さんが両親に何か言ったわけではないらしい。そうすると本当に偶然か。俺が討伐に出ていて、あの店にいなかったのはラッキーだった。

それにしても、王宮でまさかハルカのご飯が出てくるとは思わなかった。確かに、今日のメニューの中にあった焼き肉弁当だ。なぜか皿の上に弁当箱ごと載っておりスプーンが添えられているが。

「父上、おなかすいたの。おいしそうなにおいがするの」

エンリケは父であるアルベルト兄さんを見つめて催促《さいそく》する。

国王陛下や王妃よりも先に手をつけるわけにはいかないと我慢をしていたアルベルト兄さんもフラン義姉《ねえ》さんも、テーブルに着いた時から匂いでノックアウト寸前だったらしい。子供のワガママに付き合う体《てい》で、「仕方がないなぁエンリケは。じゃ僕達も頂こうか。せっかくの父上と母上のお心遣いだ」「そ、そうね、貴方」と夫婦で焼き肉弁当の蓋《ふた》を開け、スプーンで口に入れた。

既《すで》にエンリケはスプーンを器用に使って貪《むさぼ》り食《く》うという表現が正しい食いっぷりを見せている。

口に入れた途端、アルベルト兄さんもフラン義姉《ねえ》さんも至福の顔になり、品位を落とさないように意識しながらもおそるべきスピードで食べ進めていった。

「確かに、今まで食したことがない味わいでございますわね、貴方」

上品な言葉遣いですが義姉《あね》上、アゴにご飯粒がついてて台なしです。

「流石《さすが》に父上、母上は舌が肥えておられますね。……ところで話は変わりますが、私も父上のように、城下の民の暮らしぶりを知らねばと常々考えておりました。明日にでも次期国王として、視察をせねばと予定を入れておりましたし、ハルカなるシェフの店は国民の声を知るには最適でありますれば、立ち寄るべきかと考えております」

全く話は変わってませんよ兄上。視察は絶対ついでですよね？　てか予定って絶対今、思いついたんですよね？

「まあ貴方、とても素晴らしいお考えですわ！　私も是非《ぜひ》お供させていただきます」

「ぼくもいくの」

エンリケも本能的に両親の目的を察知したんだな。

三歳でハルカの飯ばかり食べたら、他の飯が食べたくなくなるだろうが。生意気にも俺より十五年も早く味わったクセに。

「……あっはっはっ、旨《うま》すぎて笑えるなあ、クライン！」

そういえばミハイル兄さんは俺から話を聞いていても、実際に食べたのは初めてだろう。

珍しく笑い上戸になっている。免疫がないって怖いな。

「でしょう！　ふふっ……あらクライン、貴方は口に合わないの？」

「……いえ、美味《おい》しすぎて言葉を失っておりました」

実は食べ慣れてます、もっと旨《うま》いものも浴びるほど頂いてますとは、まさか口が裂けても言えない。

もうかなり前から外に出てばかりで殆《ほとん》ど王宮で夕食をとることがなかったので、オーガキングが王族や貴族の中で食べられていると知らなかったのは不覚だったが、どうせ出てきてもシンプルに塩コショウで焼いたものくらいだ。今はそれ以上の美味を堪能《たんのう》しているので、全く羨《うらや》ましいとは感じない。

「アーモンドクッキーというお菓子も買ってきたから、食後に皆で頂きましょうね」

「それは楽しみですね」

「わーいわーい！」

「あらあらエンリケったら仕方ない子ね」

「あっはっはっ、僕も頂きましょう！」

父上達も絶対にまた行く。

兄上達も間違いなく視察が足りないだの、子供の情操教育だのといった名目で通うに違いない。

ミハイル兄さんもあのテンションだと行かないという選択肢はない。

リンダーベルでの営業期間中は【お忍び王族大集結フェア】開催のため、俺は討伐三昧《ざんまい》になることが確定した。

まあ、誰に会うか分からないので元々店に出るのは遠慮させてもらうつもりではあったが、「出ない」と「出られない」の差は大きい。

せめて成果の報告を兼ねて夜ご飯だけは毎晩食べさせてもらおう。そうしよう。

家族の団らんという名の地雷がコロンコロン撒かれているのを、俺はなすすべもなく見守るしかなかった。

□　□　□

途中で弁当が足りなくなるという不測の事態は起きたものの、リンダーベルでの五日間の営業も無事終了した！　やっふぅ～♪

最終日は少し早めに閉める。

明日からのピノへの旅に向けた買い物と、お疲れ様の意味を込めた少し贅沢《ぜいたく》なご飯と別腹の材料を買いに、私はテンちゃんと共に、リンダーベルの市場に出た。

ミリアンは旅支度をして、夜改めて私の家に来るとのこと。

（クライン達も今夜には戻るって言ってたけど、元気かしらねえ）

買い物をしつつ、私は三日前の晩に思いを馳《は》せるのだった。


あれは二日目の夜。一旦討伐祭りを終えたクラインとプルちゃんが、夜ご飯を食べがてら大量のドードー鳥とオークを持って家に戻ってきた。

トラちゃんは食べられないので忍び服から素早くメイドエプロンに着替え、いつものように私の手助けをしてくれる。

ちゃんと血抜きがしてあり、皮など買い取ってもらえるものは別の携帯用アイテムボックスに分けて入れてあった。至れり尽くせりだ。

大事な肉は傷《いた》まないように、私の時間経過なしのアイテムボックスに全て移し替える。

そして、次の日から討伐に参戦予定のケルヴィンさんがトラちゃんにご飯のお代わりを要求しながら、「折角の機会だから、ちょっと遠いけど大物を狙いに行きましょう！」とキラキラした目をして告げたのだ。

「大物？」

「ええ、今かなり大勢の冒険者が向かってる洞窟があるのです。どうやらアレが出たそうです」

「アレ、って何ですかケルヴィンさん？」

私は彼に聞き返した。

「センチュリオンですよ」

センチュリオンとは、百年に一度遭《あ》うか遭《あ》わないかというくらいのレアな大型の魔物で、大気の澱《よど》みの濃度が特に高いところにしか現れないのだそうだ。

体長二十メートルを超える、正にラスボス的な化け物である。

見た目はドラゴンに近いとの噂《うわさ》があり、皮は最上級の鎧《よろい》に使われる。センチュリオンの鎧《よろい》はとても軽くて防御力が高いので、価値は国宝クラスだという。ランクは希少価値もありSSランクだ。

「だ、大丈夫ですか？　確かにケルヴィンさんは元S級冒険者だったみたいですけど……」

私の心配をよそに、ケルヴィンさんは続けた。

「センチュリオンの肉は、そらーもう美味《おい》しいらしくてですね、【天使の晩餐《ばんさん》】と称されるほどなんです！」

そこで私はケルヴィンの手を取り、満面の笑みでぎゅうっと握った。

「……超頑張ってケルヴィンさん！　私、心の底から応援します！」

「待て、行くのは俺達もなんだが、殺す気か」

「ハルカ、俺様でもSSランクって大変なんだけど」

クラインとプルちゃんの文句は、「ねえ……、『センチュリオン様祭り』、開催したくない？　オーガキング様祭りより、さらに盛り上がるんでしょうねぇ……ふふふ」と、うっとり告げた私の一言で沈黙に変わる。

すかさず私は寝室へ向かう。

思い出したアレを取ってくるためだ。

「じゃじゃーんっ！」

テーブルに広げたのは、長めの革紐のついたネックレスが三つ。

ルビーのような真っ赤な楕円形の石が飾りの中央に埋まっており、強い魔力をまとっている。

「何だ、これ？」

「ふふーん。これはですねぇ、皆が討伐の時に使えるよう、私が身体強化と自動回復、魔法無効、毒・麻痺《まひ》無効、即死無効効果をつけたペンダントなのですよ。店の営業のためとはいえ、クラインやプルちゃんだけ討伐させて悪いな～と思って試しに作ってみたら、できました！　あ、勿論《もちろん》ミリアンとテンちゃんとトラちゃんのもお揃いで作ってあるから後であげるね」

「ハルカ、お前凄《すご》いな。流石《さすが》に腐っても転生者だ。しかし、もっと早く作ってくれれば良かったのに」というクラインの言葉に、「腐ってもって何よ。腐った覚えはないわよ。いや、もう結構前から作ってあったんだけど、皆強いから必要ないかなーと思って。それに大抵私が一緒にいて、戦う時は防御結界張ってたじゃない」と答える。

「あー。そういやそうだな。怪我した覚えないなーここんとこ」

「でしょう？　だから、私がいない時用よ。使いたい時に真ん中の石をぽちっと押せばいいの。ただし、魔力を込める石の強度の問題で、三分くらいしか発動しないから、とっときの場合だけでお願いします。あと……いや、いいかこれは使えば分かるし」

三分でもここ一番で使えるなら便利この上ないと、皆有り難く受け取ってくれた。

（……使った後で怒られるかもしれないけど、まぁいいか。護れるのは間違いなく護れるし）

ちょっと不安になったが、今さら遅い。

そんな風にして出発した彼らが、今日、帰ってくる予定なのだ。

遠い目になりかけた私は気を取り直して、テンちゃんと買い物を続けるのだった。

□　□　□

「……ぜぇっ、ぜぇっ、けっ、ケルヴィン、まだなのかよぉ？」

話はさかのぼり、センチュリオン討伐当日。

プルは息を切らしてケルヴィンを見た。

ケルヴィン、クライン、プル、タイガーは今、センチュリオンが出たという洞窟の中を進んでいる。

プルは幼児サイズなので、ケルヴィンやクラインとは足の長さが圧倒的に違い、常に早足にならざるを得ない。定期的に治癒魔法をかけているので疲れが溜まるわけじゃないのに、雰囲気に呑まれているのか、息を切らすのである。

ちょいちょい別の冒険者とも出会うため、飛んでの移動はケルヴィンに止められていた。

「魔法が使えると吹聴してるみたいなもんですからね」

「ぜぇっ、分かってるよ、そんなことは！　でももう、四時間は洞窟の中を延々と進んでるだけ、じゃんか、よー」

そこで二体のオーガが出てきたのを瞬殺したケルヴィンは、タイガーに視線を向ける。

タイガーはこくりと頷《うなず》いてせっせと血抜きをしつつ皮を剥《は》いでいく。手慣れたものである。

ちなみに普段は食べられるものとそうでないものを瞬時に見分ける目を持つタイガーであるが、今回は食い倒れ師匠であるケルヴィンがいるので、その役目は全く不要である。

「旨《うま》いんだけどショボいのしか出てこないなぁ……お前ジャマ」

プルの後ろから襲ってきたカマキリをでかくしたような魔物は、クラインに真っ二つにされた。

本当なら食べられない魔物は燃やして証拠隠滅を図るところだが、他の冒険者に魔法を使えると知られたくないので、放置する。

「……たっ、助けてくださいっ！」

暫《しばら》く進むと、道の奥から四人組の冒険者がボロボロの状態でクライン達のところまでよろめき出てきた。血を流している者もおり、既《すで》に体力の限界のようだ。

タイガーが背中の袋から回復薬（小）を人数分取り出して、彼らに飲むよう促《うなが》す。

通常の体力の三割くらいはこれで回復する。

「げほっ、げほっ、す、すみません、助かりました」

リーダーと思われる四十絡みの男が土下座をした。

冒険者にとって、幾《いく》らあっても困らない手持ちの回復薬を分けてもらうことの重要性を彼は理解している。

「お金は幾《いく》らご用意すれば――」

「ああ、要らないですよ。困った時はお互いさまですし」

けれど、ケルヴィンは手を振った。

まさか、ハルカがノリで薬草を水に放り込み「回復薬になぁれ♪」と言ったらできたもので、タダですとは、言えない。

その上、飽きたのか、「ファイトーいっぱーっつ！」とか叫んだらエリクサーが何十本もできてしまい、正直何回死にかけても全く問題ありませんとはもっと言えない。

かなり高価なアイテムを惜しげもなく分けてくれたと、パーティのメンバーが拝《おが》み出そうとしたのを慌てて止める。

そこでケルヴィンが、パーティの中に顔見知りがいることに気づいた。

「あれ、ビクターさんじゃないですか」

怪我をしていた槍《やり》使いの男が顔を上げる。

「あれ？　ギルマスじゃないですか？　なんでこちらに？」

A級冒険者であるビクターがいるということは、同レベルもしくはそれ以上のレベルの冒険者のパーティである。それがここまでになるということは……

「……出たんですか？　アレが」

「……ええ。僕ら、これでもS級冒険者が一人いるし残りはA級で、もしかしたらアレを討伐できるんじゃないかと思って来てみたんスけど、いやーもうつえーのなんの。全然無理でしたわ、流石《さすが》SS級」

ビクターが苦笑する。

「……そうですか」

「……え？　何でギルマス、嬉しそうなんですか？　幾《いく》らギルマスがS級っていっても無理ッスよ。僕ら傷一つ負わせてないッスからね。弱ってないですよ、マジで」

「大丈夫です。実物を見たことないので見たいだけですから。まぁ調査の一環でもありますし。あ、こっちでしたよね？」

お辞儀をして、ケルヴィンはプルとクラインとタイガーを連れ奥へ向かう。

「チラ見したら本当に逃げたほうがいいッスからねー！　僕達このまま出口に向かうッスよ！」

投げ掛けてくる心配そうな声に振り返って手を振り、四人は急ぎ足で進んだ。

「漸《よう》くか、焦《じ》らしやがって……」

舌打ちするクラインに、「まあまあ、美人をデートに誘うのも、金と時間がかかるじゃないですか。時間だけで済んで良かったと思わないと」とケルヴィンが慰《なぐさ》める。

「お前ら呑気に言ってってけど、奥からすげー魔力感じるからな。ハルカのネックレスつけとけ」

そう言ったプルは、自分でも早速身につけた。今まで全く必要性を感じなかったのでしまい込んだままだったネックレスの存在を、思い出したのだ。

「おう」

「……（コクコク）」

タイガー含め全員が慌てて身につける。

そして、狭い通路をくぐり抜けると、かなり広い空間に出た。天井が何十メートルも上に見える。奥行きはどれほどあるかも分からない。

奥の暗がりに蠢《うごめ》く深い闇。

バッと反射的にケルヴィンが剣を構えるのと同時に、ヒュンッと風を切る音が聞こえた。

打ち払うとカキンッ、と音を立て何かが足元に落ちる。

氷でできた薄い刃のようなものが、二つに割れて転がっていた。

「皆さん、気をつけて！　水属性の攻撃みたいです！」

「……俺は既《すで》に切られたみたいだ。避けたつもりだったんだが」

クラインの言葉にケルヴィンが振り返ると、彼は二の腕を押さえ、流血を止めようとしている。

プルが急ぎ治癒魔法を使い、血止めした。

「アホかっ、一撃も食らわさんで攻撃くらってどうする！」

「俺は自己流で、S級でもA級冒険者でもないんだぞ無茶言うな！　そもそも冒険者ですらない！」

「ケルヴィン一人じゃ、どうしようもないだろうが！　役立たず！」

「プルこそ働け！」

「やったよ！　風魔法で切り刻もうとしたら硬くて弾かれたんだよっ！」

「このままじゃジリ貧です！　撤退するにしても背後から攻撃受けたら、プルさんの防御結界をもってしてもヤバいかもしれません！　ハルカさんのペンダントを！」

「「分かった！」」

皆で一斉にルビー色の石を押す。

「うっっ！」

その瞬間、眩《まぶ》しいほどの光が放たれたと思ったら、その粒子が三人とタイガーの体を包んだ。

ほんの数秒にも満たない時間だったろうか。すがめていた目を開くと、三人とタイガーは銀色のぴっちりしたスーツを身にまとっている。

「……ジュワッ？（何が起きたんでしょう？）」

「ジュワジュワッ……（分からないが、強化鎧《よろい》みたいだな）」

「……ジュワッ……（ワタクシもかなり動きが速いようです……）」

「ジュワジュワジュワッ？　……（いや物凄《ものすご》く体が軽いしパワーも感じるが、この姿は精神をゴリゴリ削《けず》られる。股間までパツパツじゃないか。とんだ変態野郎だぞ俺達？）」

「ジュッジュワッ！（今そんなことを言っても仕方ないでしょう！　とりあえず全く攻撃を受け付けなくなりましたから行きますよ！）」

「ジュワッ、ジュジュワ？（お、逃げんのか？）」

「ジュワッ！　ジュワッジュッ！（何言ってんですか！　今が攻撃のチャンスじゃないですか！センチュリオン祭りやるんですよ！）」

「ジュジュワッ……（諦めない男だなケルヴィン……）」

「ジュッジュッ……（でも祭りは大事だ、行くか……）」

「ジュッジュワッ～（微力ながら助太刀《すけだち》いたします）」

「「「ジュワッジュワッジュワッ！（くっそーやったらぁ！オラー！）」」」

スーツを着ているとジュワジュワしか言えないが意思疏通は全く問題ない。三人と一匹で一斉にセンチュリオンに飛びかかる。

ほぼ相手側の攻撃が無効化されており、痛くも痒《かゆ》くもない。そして、こちらの攻撃は面白いようにヒットする。

一方的な展開で、一分もしないうちにセンチュリオンがドオオオォンと地響きを立てて横倒しになった。

「ジュワッ！（何だよ、大したことなかったな！）」

「ジュワッジュワッジュッ！（二十メートルどころか三十メートル近いじゃないですか！大収穫ですね！）」

「ジュージュワ（コイツが弱いのではなく、ハルカのネックレスの威力が凄《すご》いんだろう、認めたくないが）」

「ジュッジュッジュワッジュワ（まだこのパワー溢《あふ》れる姿のうちにさっさと解体して戻りましょう。ご主人もお待ちですし）」

「ジュワ（そうだな）」

「ジュージュワ（この大きさだと、当分祭りには困らないな）」

銀色の四体は物凄《ものすご》い速さで解体を進め、携帯用のアイテムボックスに肉をしまっていく。

「ジュージジュ？　（しかしケルヴィン、これウッカリ討伐できる魔物じゃないぞ？）」

「ジュワッジュワジュワ、ジュジュワッ（分かってますよ。討伐報酬は元々どうでも良かったんで、いつの間にか消えたことにしましょう。鎧《よろい》も作りたかったんですが、ほとぼりが冷めるまで皮は保管しといてもらいましょう、ハルカさんに）」

「ジュー……（勿体《もったい》ないな……）」

「ジュワッジュッ、ジュワワ（致し方ありません。一番の目的は達成できましたから結果オーライでございます）」

そして、作業が終わり、一息ついた辺りで赤い石が点滅を始めた。数秒後、また眩《まぶ》しい光に覆《おお》われて、クライン達は元の姿に戻る。

「……ハルカにはお礼を言いたい気持ちはあるが、何だか、己の何かを喪《うしな》った気がしてならない」

「……（コクリ）」

「まあ、あれですよ。何事も経験と言いますし、ね？　ね？」

「じゃ、次回はケルヴィンだけで変身して俺達を守ってくれ」

「死んでもお断りです。クラインさんのほうがお似合いでしたよ。よっ、銀色の勇者」

「奇遇だな。俺も死んでもお断りだ」

『不毛な会話はそれぐらいにして、そろそろ帰りませんか？』

タイガーがメモを見せる。

「そうするか……」

「そうですね……」

一行は、どこを見るでもないようなぼんやりとした眼差《まなざ》しで、帰り支度をするのであった。

□　□　□

明日からのピノ行きにご機嫌な私とテンちゃんは、買い物から帰ってきた。

ひと休みして、さて食事の支度をしようかなぁと立ち上がったところで玄関の呼び鈴が鳴る。

急いで扉を開けると、薄汚れた格好のクライン達が、ぐったりした様子で立っていた。

「……大変だったみたいねえ。お疲れさま」

メイドエプロンに着替えようとしたトラちゃんを押し止め、そのままキッチンに向かった私は、紅茶と作り置きしていたパウンドケーキをカットして運ぶ。今回はかなり厳しい討伐だったようだ。

居間でグッタリとしているクライン、ケルヴィンさん、プルちゃんにトラちゃんを見つつ、私は、

「皆少し休憩して、お風呂に入って来たら？　汚れと旅の疲れが少しは癒《いや》せるでしょ」とテンちゃんに風呂の支度をお願いする。

「……うん、助かる」

クラインが紅茶を飲みながらそう呟《つぶや》くと、忘れないうちに渡さないと、と言い、携帯用のアイテムボックスを広げた。

「ハルカ、例の【アレ】だ。そっちのアイテムボックスに移してくれ」

「……え？　……まさか本当に獲れたの？　ＳＳランクなんでしょ？」

詳しく聞きたいと思ったが、まずは保管場所の変更が先だ。時間経過なしで保管しなければ肉が傷《いた》んでしまう。

見ていると、複数持たせたアイテムボックスから、恐ろしいほど大量の肉が出てきた。

肉と言っていいのだろうか、白身魚の刺身のような白っぽい半透明な塊《かたまり》である。

それとも葛餅《くずもち》みたいな感じかな？　何と表現していいか。

これ、本当に美味《おい》しいんだろうかと、不安になってくる。

いや、とにかく移動だ。

暫《しばら》くは無言で肉を移す。

三十メートル級だったとかで、量が半端《はんぱ》ない。ただ移動するだけで一時間近くかかってしまった。

センチュリオンの話を聞いて思わず応援するとは言ったものの、力の差が有りすぎるし正直無理だろうなと、私は予想していたのだ。遭《あ》えない可能性もあったしね。

まさか会った上に倒せたとは。

「実際お目にかかった時点で、これは駄目かと思いましたけどねぇ……ハルカさんに貰ったネックレスのお蔭で、何とか」

ケルヴィンさん、何でそんな悲しそうなの。てか、使ってくれたんだ。

「良かった！　役に立ったのね？　あれね、私の世界での正義のヒーローなのよ！　こっちでいう勇者みたいな感じなの。作り物なんだけどねっ、私も小さい時、大好きだったのよ！」

「……うん。とても役に立った。でも、とりあえず返す」

クラインがアイテムボックスからネックレスを取り出して返してきた。なぜか皆も口々にお礼を言いながらも（トラはお礼を書いたメモを見せてきた）私に返す。

「……え？　え？　役に立ったんでしょ？」

「……役には立ったが、あの姿に再度なる勇気がない」

「どうして？　格好良くない？　私の世界では子供達の憧れだったんだけど」

「こちらの世界では、あの体の線が丸見えのパツパツの格好を喜ぶ奴はいない。喜ぶ奴がいたらそれは変態と呼ばれる」

その言葉に、私は衝撃を受けた。

「まさかの完全拒否。正義の味方なのに……」

でも言われてみれば、女性はロングスカートで足のラインすら隠すお国柄だし、仕方ないかもしれない。

「分かった！　今度はもっと格好いいのに変身できるようにするね！」

「だからなんで変身ありきなんだ！」

「強くなるには変身が必要なのよ！　私の世界では常識なのっ！」

「……ハルカがいない時、確かにネックレスの機能は重宝する、が。変身しないといけないなら頼むから、もう少しまともな格好に変身させてくれ。地味で、普通でいい！」

プルちゃんが土下座した。

「でも……世界の平和を守るのに――」

「俺達は心の平和を守るだけで精一杯だ」

皆の意見に私はちょっとしょんぼりする。でも郷に入っては郷に従えというし、仕方がない。

もっと皆が気に入るものを作ればいいのよね。

「分かった。じゃ中身作り替えるまで預かるわ。明日まで待っててね！　それじゃ私は食事の支度するから、皆もお風呂入ってねー」

そして、キッチンに急いだ。

「……股間の平和も守られたな」

「……魂《たましい》の平和もですね」

「ていうか、明日にはまた違う変身ペンダントできるんだな」

「……（コクリ）」

皆それぞれの想いを描き、風呂に足を向けるのであった。


クライン達が薄汚れた体を風呂で綺麗にしている頃。私はテンちゃんと、風魔法で綺麗になったトラちゃん（精密機械を頭に仕込んでいるため当然風呂には入れない）を手伝いにつけ、料理に余念がなかった。

例のアレがオーガキング様のようにとんでもない芳香を撒き散らすといけないので、家の中を結界でブロックする。

だが、その不安は杞憂《きゆう》だった。

いいお肉はまずステーキだと、肉を取り出して切り分け、塩コショウしてみたが、どうみても葛《くず》餅《もち》にしか見えない。特に肉の匂いもない。

(あれかしら。噂《うわさ》だけが独り歩きして実際は大したことなかったとか……いやまさかそんなオチはないよね？　淡白なのかな)

初物は皆で一緒に食べると決めているので、味見もできない。

とりあえずクリームシチューも作る。

しかしこちらも、普通のシチューのいい匂いはするけど、オーガキング様が放つような極上の美《お》味《い》しそうな匂いはしない。

次に、小さめのブロックにしたものをタタキにするべく炙《あぶ》ってみる。

焼けた所はちゃんと焦《こ》げ目がつき、表面は半透明からホワイトシルバーっぽいキラキラした身に変わった。

(焼いても無臭か……。分っかんないなぁ。でもこれ、もし美《お》味《い》しくなかったら皆、泣くだろうなあ……)

私はため息をつく。

テンちゃんはそんな私の気持ちに気づいたのか、「……もし肉が美《お》味《い》しくなくても、ハルカの料理は美《お》味《い》しいから……」と肩をポンポンしてくれた。

『ご主人の食事はワタクシには分かりませんが、いつも皆様お喜びになるので、それほど不安にならずとも宜《よろ》しいかと』

トラちゃんにまで慰《なぐさ》められる。

「……そうよね。どんなモノでも味付けでごまかせるはずよね。頑張るわ、私！」

もう既《すで》に食べる前から【名物にウマイものなし】の気持ちに傾いてきた私は、ただひたすら料理を作り、黙々と盛り付けをしていった。

「「「「「お疲れさまでしたー！」」」」」

皆がグラスを掲げ、チンッと軽く触れ合わせた。

思いつく限りの料理をテーブル一杯に広げ、載り切らずに椅子にまで置くことになったため、立食パーティーのようになっている。

「ごめんなさい、これは確実に作りすぎたわ……」

私が項垂《うなだ》れると、ケルヴィンさんが「いやいや、僕は食い意地張ってますし、ハルカさんの飯は三日ぶりですからもう嬉しくて嬉しくて。食べますよ〜！」と取り皿を手に喜色満面になった。

「一応、全ての料理に『アレ』は入れてみたけど、食べてないので味は分かりませんよー」

不味《まず》い肉でも怒らないでね、と私は保険をかける。

「では、皆さんいただきますか」

ミリアンが待ちきれないという風に皆を促《うなが》した。

「いただきます……」

それぞれ、己の器《うつわ》に入れた料理を口にする。

皆の無言に怯《おび》えつつ、私も口にした。

「……ふわぁ～」

そこに、圧倒的な多幸感が押し寄せる。

オーガキング様には暴力的とも言える美味の強制力を感じたが、センチュリオンの肉は、何というか、食べた人を包み込むようなみなぎる優しい気持ちを全身に引き起こす。これは何なのだろうか。

「……スゲーなこれ。美味《おい》しいってより癒《いや》されるわ。なんだか神々《こうごう》しい」

プルちゃんが珍しく食べる手を止めて呟《つぶや》く。

「分かるわ、それ。美味《おい》しいってより先に有り難いような気持ちになるわよね」

シチューを食べたミリアンが頬を押さえた。

「体の中が浄化されてる気分だ」

クラインが手をにぎにぎして不思議そうに告げる。

「ついでに血止めしてもらった怪我がどうしてか全快してるぞ」

「えっ？　マジか？」

戦いの際に傷ついたと言っていたクラインの腕の怪我を、プルちゃんが覗《のぞ》き込《こ》む。確かに痕すらも残っていなかった。

「治癒能力があるの、アレの肉は？」

魔法での治癒はあるが、魔物の肉に治癒能力があるとはケルヴィンさんも聞いたことがないとのこと。

「治癒が云々《うんぬん》より、何か大抵のことが許せるみたいなこの幸せテイストが凄《すご》いよな」

「元々ハルカのご飯美味《おい》しいけど、これ涙が出る。何でだろ……」

そう言って、テンちゃんが茫然としたように首を傾《かし》げる。

「無臭だったのは、中に保有してる成分が美味《おい》しさとかで測れないものだったせいかしら……」

私も感想を口にした。

未だかつて味わったことのない、じわじわ訪れる悦《よろこ》びの味なのだ。

「旨《うま》い不味《まず》いではなく、食べるだけで幸せに思えるというのは、料理をする人間としてどうなのかと思うけど……まぁいいか。なんか今しみじみと皆と一緒に食べられて……幸せだわ」

「僕も、嫁がいなくてもどうでもいいくらい、おおらかな気持ちですよ」

「そこは気にしたほうがいいと思うけど……まあいいか、本人がそれでいいなら……」

ケルヴィンさんへのクラインの突っ込みも、中途半端《はんぱ》に失速する。どうやら毒舌はこの肉を味わいながらだと上手《うま》く機能しないらしい。

穏やかな空気のまま、時間だけが流れてゆくのであった。


翌日。

私達一行は、渋々といった体《てい》のケルヴィンさんに見送られながら、北の町ピノへと向かった。

また討伐（と殲滅《せんめつ》）をしつつ、楽しい出会い（主に食材）に胸を躍らせている私は、今、センチュリオンの肉を粉末にし錠剤に加工する作業に専念している。それを、トラがせっせと瓶に詰めていく。

なんと、ミリアンに言われお試しで作ってみた美容液を昨夜寝る前につけたら、朝、つるっつるもっちもちの肌になっててビックリしたのだ。

そのため、美容液は自分のも含め沢山《たくさん》作っておく。

しっかし、幾《いく》ら使ってもなくならないな。五キロの塊《かたまり》が六百個近くあるのだ。約三トン。さすが化け物クラスの大きさだと言っていただけある。一生かかっても使いきれそうにないので、美容液は薄めて化粧水として一般の女性に売ろうと考えていた。

ケルヴィンさんの研究所で調味料の新開発をお願いしている関係で、お金は幾《いく》らあっても困らないのだ。売れるものはどんどん売ろう。

私自身は衣服やアクセサリーなどにお金を使うことには、あまり興味がない。せいぜいトラちゃんを通して本を買うくらいが贅沢《ぜいたく》と言える。

それも料理や食材に絡む本が主だ。全ては『美味《おい》しいものが食べたい』に繋がっている。

人間の三大欲求を舐《な》めたらいけない。

かっぽっかっぽっと、のどかな馬の足音を聞きながら作業していると、スローライフへの道が一歩一歩進んでいる気がして、ご機嫌な私であった。

実は昨夜、大好きなどら焼きをお茶うけに緑茶でくつろいでいるプルちゃんを見ながら、私は「はーい、ちょっとお願いがありまーす」と皆に提案していたのだ。

「クライン達が苦労して獲ってきてくれたセンチュリオンのお肉の件なんだけどね」

「……ん？」

「幾《いく》ら治癒能力があって幸せな気分になれる肉であろうと、無味無臭の肉は、私にとっては肉ではないのよ。ていうか、食材ではないの。アレは、薬とか調味料と同じようなもんだと思うわけですよ」

「あー、まぁな。結局ハルカの飯の味が旨《うま》かっただけって気もするし」

プルちゃんがちょっと口ごもる。

クライン達も、まあセンチュリオンが入ってるって言われなきゃ気づかないしな、などそれぞれ思ったことを口にした。

「でしょう？　その肉や魚、野菜を食べて『くー、この味この味！』と、分からないのよ。なんて面白味のない肉なのかと腹立つでしょ、アレ。……だから、全部薬にしちゃおうと思うんだけど。魔法で粉末にしたのを錠剤とかに加工しちゃって皆に持たせれば、怪我した時に使えるし体力も回復するしで、別の意味で役立つんじゃないかと思って。多分、普通の回復薬より効き目があると思うのよ。ただ皆が危ない思いまでして獲ってきてくれたものだから、申し訳なく……」

「俺は構わないぞ。アレがなくてもハルカの飯の旨《うま》さは変わらないしな。個人的にもちょっと肉を食った感じがしなくてモヤモヤしてたんだ」

「アタシも構わないわ。でも、できたら美容液みたいなのも作ってくれるといいな。肌荒れとか綺麗になりそうだもの」

ミリアンが笑顔で返してくれる。

「僕らはレアな肉を食べてみたという経験だけで充分ですよ。むしろ薬になるなら、そのほうがこれからの旅に便利でしょうし」

「ハルカのしたいようにすればいいんじゃね？」

ケルヴィンさんとプルちゃんも問題ないと快諾してくれた。

「ありがとう！　じゃ加工しちゃうね。……あ、そう言えば話は変わるけど、クライン達が狩りに行ってる間、クラインによく似た男の人が奥さんと子供連れて来てくれたよ。クラインてお兄さんいるの？」

ふと思い出した私は、緑茶のお代わりをトラちゃんに頼みながらクラインを見る。

「んー？　まぁ、いるけど……」

すると、クラインが複雑そうな顔になった。

「――何かその人がやらかしたのか？」

「いやいや全然。毎日朝も昼もご飯食べに来てくれて、お弁当もお菓子も沢山《たくさん》買ってくれたから。似てるなぁと思ったけど間違いだったら恥ずかしいし、挨拶《あいさつ》もしなかったのよ。ごめんね、クラインが店に来てくれるよう気を使ってくれたの？　売上貢献的な意味で」

「……いや、手伝いしてるの言ってないし、単に美味《おい》しかったからじゃないか？」

そこでテンが思い出したように告げる。

「あ、ハルカ、ナンパもされてたね、イケメンの獣人のお兄さんに」

「ナンパ？」

するどく反応したクラインに、私は手を振りながら「いやナンパとかいう大層なもんじゃなく、単にご飯が美味《おい》しかったから握手求められて『アッハッハッ！　本当に旨《うま》いな！　いい紅茶を飲ませる店があるので是非《ぜひ》シェフをご招待したいな！』とか言われただけ。いいとこの坊っちゃんて感じだったから、社交辞令よ」と苦笑した。

「その男は、もしやさらっとした長髪の色白で……」

「そうよ。……あれ知り合いだった？」

「いや！　全く覚えがないが、よく町で見かける気がする」

「初日に来てくれたあのご夫婦も何度も来てくれたのよ。なんかご自宅で雇ってるシェフまで連れてきて、少しでも私みたいな味が出せるように修行させてやってほしいとか押しつけられそうになったのは参ったけど。商業ギルドでショーユとミソを売るからそれを買ってくれればと断っちゃった」

クラインがため息をつき、こめかみを押さえたのを見てプルちゃんが何か囁《ささや》いていた。

（お前んとこのお身内さんかのう？　ん？　んー？）

（すまない……）

（お忍びというより王家常駐レベルだなあ、おい。しかし王族が食いしん坊とか、あまり外聞がいい話ではないけどなー）

（こうなれば、一刻も早くハルカの調味料と調理法を広めて、サウザーリン王国は食文化をウリに諸外国へアピールする方向で行こう）

（ま、食い物が旨《うま》い町は観光客も増えて財政も潤《うるお》うからな。ハルカが幾《いく》ら旨《うま》い料理を作っても当たり前の環境にしてしまえば、転生者として目立たず生きていけるだろ）

勿論《もちろん》、この会話は私は聞いてはいない。

色んな思惑が飛び交う夜は、のんびり更《ふ》けて行ったのであった。

□　□　□

リンダーベル出発から一週間。

長生きでアチコチ遊びにいってたせいか、とても道に詳しいテンちゃんのお蔭で特に迷いもせずに、馬車は海鮮と武具で有名なピノの町へ到着した。

合間にちょいちょい魔物を討伐して肉の確保は万全ですよ、ええ。

でも、魚介類が新鮮てことは漁業が活発なのよね？

それなら魚介類も充実させてからお店をやりたい。

いや、まず海鮮丼を食べたい。寿司でもいい。カルパッチョでもいい。

とにかく生魚を、刺し身を食わせてくれ。

ああ、潮の香りが食欲を倍増させるわ。

あちらの世界で私は肉も大好きだったが、寿司や刺し身など魚系（貝もね）はもっと好きだった。

煮魚やムニエル、バター焼きなんかも大好きだ。

まぁ日本人として生まれるべくして生まれた人間だったのだろう。いや死んだけども。むしろ親のほうが肉肉言っていた。

ちなみに学生時代は経済的に肉類を食べることが多かった。鶏むね肉、ハム、ソーセージ、たまに豚肉や牛肉。炒《いた》めものにすれば野菜で嵩《かさ》ましできたからね。

本当は一週間のうち五日は魚介類でも構わないが、魚も貝も結構高いのよ。

だから、週に一回かたまーに二回、魚介デーを作る程度の贅沢《ぜいたく》しかできなかったのだ。

それなのに、リンダーベルでは魚や貝が刺し身にできる鮮度ではなく（別に傷《いた》んではいない）、せっかくお金はそこそこあるのに刺し身を食べられなかったのだ。

海に近いクセにどうしてと思っていたのだが、何とリンダーベルには漁港がなかった。釣りをする人はいたけどね。だから、海の側なのにピノなど別の町から仕入れるので鮮度が落ちる。

やはり王宮もある城下町であり、見回りの軍船なんかが終日往き来するせいかもしれない。

海沿いでナマモノ食べられないとか、個人的には『がっでーむ！』なのである。熱海《あたみ》の温泉宿で山菜と肉料理しか出なかったら暴れるよね？　いやマジで。

そんな私の荒ぶった心を癒《いや》してくれるに違いない町、ピノ。

美味《おい》しい刺し身が食べられるなら、暫《しばら》くピノに滞在してもいい。それほど私の鮮魚熱は高まっていたのだ。

それなのに。ああそれなのに——

なんか市場へ行ってもリンダーベルと同じくらいの鮮度の魚しかない。

代わりに肉はやたら売ってる。

ケルヴィンさん、どういうこと？

責任者出せ。私に土下座しろ。謝れ。

いや謝っても許さん。私のブロークンハートはどうしてくれるっ！

「……泣くなよハルカ。事情があるのかも」

脱力してえうえうしていた私の肩をクラインが叩《たた》いた。

「とりあえず店の件もあるし、商業ギルド行ってみるか」

馬車を近くで見つけた宿屋に停め、魚が魚がとまだえうえう泣いている私をクラインが引きずるようにして商業ギルドまで行く。他の皆はお留守番だ。

ピノの商業ギルドは、木造の落ち着いた造りの広々した建物だった。

「すみません」

クラインが声をかけると、受付にいる眼鏡をかけたいかにも仕事ができますよ的な三十代くらいのお兄さんが「おや」と顔を上げる。

「珍しいですね、このタイミングでお客様とは」

「いや、客というかですね、数日移動食堂をやりたいのですが」

「あー。それならこちらへどうぞ」

ギルマスの部屋に案内されると、そのインテリ眼鏡のお兄さんがお茶を運んできた。それで出ていくと思いきや、ギルマスの椅子に座って、「で、お店の話でしたね」と笑顔になる。

受付とお茶淹《い》れとギルマスと兼任なの？　人手不足なのかしら、などと考えてるうちに涙が収まった。

「一週間でも二週間でもどうぞ。どうせ今は商売は厳しいですしね」

「……なぜですか？」

私は気になって訊《たず》ねた。

「実は二日前にクラーケンが漁船を襲いましてねぇ。幸いにも亡くなった方はいないんですが、かなりの大怪我を負った漁師さんが多く、今は禁漁なんですよ」

「……なんですって？　市場の鮮度の悪いお魚さん達は、クラーケンが原因ということですか？」

「え？　ああ、そうなんですよ。うちは漁業が売りだから、市場の側にでかい氷室《ひむろ》があるんですがね、何しろ魚が獲れないもんで……」

……許すまじクラーケン。

「実はギルマス様っ！　ここだけの話ですが、このクライン様はオーガキングを倒したかなりの強《つわ》者《もの》でございます。ここは一つ、お力添えできればと」

「えっ？　オーガキングをですか？　それは凄《すご》い」

「おいハルカ……？」

「私を命の危機から救ってくれた大恩人なのに鼻にかけず、困ってる人を見ると放っておけないお人柄はまさに闘う聖人、闘聖ではないかと」

「おお……」

「ハルカちょっと黙れ。いやギルマスさん違うんですよ」

その時、いきなりバンッ、とギルマスの部屋の扉が開く。四十代くらいの熊の獣人のオッサンが飛び込んできた。

「い、い、い、今の話は本当かっ！　頼むクラーケンを倒してくれ！」

「勿論《もちろん》クライン様はイエス一択です！」

「待て待て待て、何、勝手に決めてるんだハルカ！　大体あんたは誰だ」

「うおおぉありがとうありがとう！　船はうちで用意する！」

「すまない！　感謝する！」

「お前ら俺の話を聞く気がないだろ、おいっ！」

ごめんよクライン。私が表立ってやるとか言えないじゃない。

……いや、殺《や》るけどね、勿論《もちろん》私がこの手で。

待ってろやイカそうめん！　あっはっはっはっ！　チート舐《な》めたらあかんで～！

心の中でなぜかエセ関西弁が混じる私は、ほぼ初めてと言っていい積極的な闘争モードになるのであった。

「――ハルカ。そこに正座」

「……はいっ！」

宿屋に戻ってクラインから事情を聞いたプルちゃんがオコです。

「お前はな、確か、しずかーに、しずかーに目立たぬよう生きてかないといけない転生者だよな？」

「その通りでございます」

「じゃ、なんで事《こと》を荒立ててるんだ？　クラーケン討伐なんてギルドに報告してやっちまったら、記録として残るだろうが！　あれ、Bランクとは言っても単体でだからな？　集団でいたらAランクだからな？」

「……集団でございますか？」

「ヨダレをまず拭け。だからな、地雷を撒くなと言ってるんだよ、俺様は！　暫《しばら》くしたらS級冒険者とか来て討伐してくれるだろうが」

「暫《しばら》くなんて待てません。今そこにある鮮魚を私から奪う浮き世の悪党は、成敗するしかないのです！　そう……退治てくれようハル太郎～ぽぽんぽんぽん」

「誰だよハル太郎って！　ぽんぽん回らなくていいから正座！　まったく本当にハルカは食い意地張ってんな」

「お言葉ですがお代官様」

「……うむ、なんだ？」

「お代官様が食べたことない美味、『海の幸フルコース』、クラーケン討伐の際には、それをご用意させていただければ、と」

「……ほほう、それほどの美味か？」

「それはもうデリシャスでマーベラスでファンタスティックでございます」

「仕方があるまい。……お主もつくづく悪よのう？」

「いえいえお代官様こそ」

「「ホッホッホッ」」

「だから小芝居やめろ。プル、全く説教になってないだろうが！」

クラインもまだオコです。

「……もう、しょうがないじゃない今さら。ハルカも内心反省してるわよ。勢いだもの。ね？」

「きゃいんきゃいん」

ミリアン大好き。私は抱きついて胸にすりすりした。

「よーしよしよし」

「くーんくーん」

「……ハルカ可愛い」

犬と飼い主ゴッコをしていると、テンちゃんにも頭を撫《な》でられる。

テンちゃんも味方だ。

「虐待《ぎゃくたい》されてる犬みたいに被害者ぶるなハルカ。被害者は俺だぞ？」

「……きゅぅん？」

「くっ、……ハルカお手」

「わん」

「……くそっ、今回だけは許してやる」

よし。よく分からないけど逃げ切れたみたい。

イカそうめん、手討ちにしてくれるわ、私が直々《じきじき》にな。


次の日早朝。私達は港へ向かった。

船を用意してくれると言っていたジェイソンさん（商業ギルドのギルマスはザーギルさん、後から飛び込んできた熊の獣人のオッサンはジェイソンさんといって冒険者ギルドのギルマスだった）は、港に着いた私達を笑顔で出迎えてくれる。

「お、そちらさんがパーティメンバーか？　すまないが今回は宜《よろ》しく頼む」

トラちゃんは、海に落ちたら頭のパソコンが一発でアウトなので、申し訳ないけどお留守番です。

だから今回は私、クライン、ミリアン、プルちゃん、テンちゃんだ。

正直、私がいなくても負ける気が全くしないが、この恨みは直接イカそうめんに返さねばならない。

案内された漁船は割りと大型のものだった。二十人かそこらは楽勝で乗れてしまいそうだ。

なんとジェイソンさん自身の持ち船とのこと。

「いやぁ、今漁に出られないし、久々にオレも舵《かじ》を取りたかったからな」

ちょっと待て。

「……あの、まさかジェイソンさんもご一緒に？」

「おうよ任せな。それにあんた達の中で漁船扱える奴はいないだろ？」

うん。いないよ。けど困るよ？

彼が乗っているとなると、色々と戦い方をごまかさないと。

「大丈夫だ。交戦状況になったら眠ってもらう」

私のとこにプルちゃんがやってきて耳打ちした。

まぁ私が攻撃する時には、同時対応は無理かもしれないのでプルちゃんにお願いしとこう。

空は雲が多めだが、雨の心配はなさそうだ。

よーし、イカそうめんまでレッツゴー♪


海を移動すること二時間あまり。

「……うえぇぇぇっ」

船酔いである。

テンションが上がっていて忘れていたが、私は船の揺れにめっぽう弱かった。

転生しても弱点はそのままなのか、女神様。チート持ちで船酔いとか萎《な》える。

「あらあら、大丈夫ハルカ？」

ミリアンがレモンを少し搾《しぼ》った水を持ってきてくれた。

「あ、ありがど……」

私はイカそうめんと戦う前に船にやられそうである。

水を飲みかけた時、甲板《かんぱん》がぐわっと揺れた。

「来たぞー！　クラーケンだ！」

慌てて海を見ると、マストの一番上にまで届こうかという高さのクラーケンがいる。後ろを見ると、コイツほどではないが、かなりの大きさのクラーケンが三、四体こちらを窺《うかが》っていた。

「お嬢ちゃん大丈夫かあ！」

大丈夫なわけないでしょ。この私が食欲も湧かないくらいにヨレヨレなのに。

プルちゃんに視線を送る。

するとを何を思ったのか、ジェイソンさんに向かって、「うわぁ～助けて～クラーケンの触手が足に巻きついて～」などと、やや棒読みチックな台詞《せりふ》を叫んだ。

「待ってろ今、助けるからっ」

ジェイソンさんが慌てて操舵室から出てきた。その頭を背後にいたクラインが木桶でぶん殴る。

「ぐぁっっ！」

床に倒れ込むジェイソンさんを覗《のぞ》き込《こ》んで、クラインが○のサインを手で示した。

「ちょっと何をやらかしてるのよ、二人とも！」

私は慌ててジェイソンさんの横にしゃがみ込む。良かった、気を失っているだけみたいだ。

「さっきからコイツに睡魔が訪れるように魔法をかけてたんだけど、耐性あんのか全く効かねんだよ。だから物理的に眠ってもらった」

「町を救う勇者的立場から、とんだ荒くれものの集団に堕《お》ちたわよ。もう少し穏やかな方法はなかったの？」

「ハルカ危ないっ！」

クラーケンの触手がぶんっ、と風圧を感じるほど傍《そば》を通りすぎた。ミリアンが咄嗟《とっさ》に庇《かば》ってくれたが、彼女のふくらはぎから血が流れている。

「ミリアン！」

「アタシは大丈夫だからっ」

「私がだいじょばないっ！　イカ野郎、絶対許さないわよ……ミリアンの綺麗な足に傷をつけるなんて……」

船酔いもどっかに吹っ飛ぶくらいの怒りが湧き上がった。

「風さんカモンッ！」

一番デカいクラーケンの長い触手をスパーンスパーンッ、と風魔法でぶった切る。

ゲソは刺身には向かないので焼きゲソにしてやる。

甲板《かんぱん》でクネクネしている触手を火魔法で燃やすと、怒りが収まらなかったためか黒焦《くろこ》げになってしまう。

いかん大事な食材が。

足を奪われて船から離れようとするクラーケン。

逃がさないわよ、イカそうめん！

私は空中に巨大な網を作成し、近くのちびクラーケンと共に生け捕る。

触手は悪さをするから皆スパーンスパーンと切らせてもらった。

足部分がお弁当のタコさんウィンナーみたいになる。

止《とど》めは陸近くに戻ってからにしようと思ったけど、今、アイテムボックスに時間経過なしで入れてしまえば、とれたてピチピチだもんね。

「町の皆さんのためと、私達の海鮮祭りのために成仏しなさーい！」

言うや否や、網の中のクラーケンの息の根を止め、頭の部分と足を分離させた。

「頭の部分を残しておけば討伐報酬出るよね？」

「あ、ああ、まぁ」

「ラジャ」

プルちゃんの魔法で皮を剥《は》いでもらい、私はマイ包丁を取り出す。よく研《と》いでありまっせ。

ついでに何枚か大皿を出し、デカい寸胴鍋もどんどんアイテムボックスから取り出した。普通のイカの量じゃないからね。皿にはとても盛りきれない。

「秘技・そうめん乱舞！」

包丁を放り投げると、キラーン、と刃が煌《きら》めく。皮剥《かわむ》きされたクラーケン達をあっという間に糸作りにした。見事に全てのクラーケンがデカい寸胴三十、大皿五枚に振り分けられました、と。いやー、魔法ってほんと便利だわ。

ついでに塩辛も作ろうと、ワタを抜いて三つの寸胴鍋に入れて塩を振る。

味見をすると、さすがに獲れたて、ワタに臭みが全くない。

後日、日本酒のツマミで頂きましょう。ご飯でもいいわ。

アイテムボックスに冷蔵、時間経過ありでこれも突っ込んでおいた。

少し漬け込んだほうが美味《おい》しいよね。

他は冷蔵、時間経過なしでがんがんしまいこむ。

「さて、と」

大皿に綺麗に盛りつけされたイカそうめんを、ワサビとショーユをつけて味見する。

「……でかいから大味かと思いきや……ふふふっ、めちゃくちゃ美味《おい》しいじゃないのあんた達」

ついでに生姜《しょうが》と出汁《だし》ショーユでも頂く。

「あーどっちも最高！」

我慢ができず、私はアイテムボックスから炊《た》きたてのご飯を取り出し茶碗に盛った。

「あー、美味《おい》しいよー！　久々のナマモノ～っっっ」

一心不乱にイカそうめんを撃破していく私を見ながら、クラインがはしっこのイカそうめんをすくい、生姜出汁《しょうがだし》ショーユでつまんだ。

「ナマの魚なんて初めて食べたが……うまいな！　ハルカ、俺にもご飯くれ。マイ箸も」

「ちょっと、アタシも食べるわよハルカ」

「……僕何もできなかったけど食べる」

「俺様だって食う！」

皆が騒いだので、ジェイソンさんが目を覚ました。

「……あれ、クラーケンは……？」

「全て終わりました。大丈夫でしたか？　クラーケンの触手が後頭部に当たりましたが、見た限り大事はなさそうだったので討伐に専念させていただきました」

甲板《かんぱん》の隅に転がしてあるクラーケンの頭を見て、ジェイソンさんは唖然《あぜん》とする。

「あ、ジェイソンさんもいかがですか？　クラーケン美味《おい》しいですよ」

私はフォークとご飯を盛った皿を出して彼に渡した。

「……生で食べるのか？　あのクラーケンなんだぞ？」

「私の国では新鮮な魚介類は生で食べることが多いんです。まぁ騙《だま》されたと思って。まずはこちらのショーユとワサビを付けてお召し上がりください」

ジェイソンさんは周りを見渡す。そして、皆が無我夢中で食べているのでチャレンジするつもりになったらしい。恐る恐るイカそうめんをフォークで取り、ワサビをつけて食べた。

「……おおっっっ！　何だこれ、歯ごたえがあるし甘みがあるぞ。ワサビってのがツンと来るのもまたうまいな！」

分かっていただけて何よりです。

早速大皿をどんどん攻略していく面々を見つつ、私はイカばかりも飽きるな、とふと目を移した。

そこで漁に使うための網が目に入る。

「ジェイソンさん、クラーケンいなくなったし、漁できますかね？」

「モゴモゴ……ああ勿論《もちろん》だ！　帰るついでに漁もしとくか」

ジェイソンさんは身軽に立ち上がると、カラカラッとロールで巻かれている網を海に下ろした。

操舵室に戻って、巧《たく》みに周囲を五分ほどぐるりと回る。

「こんなもんかな、よっと」

甲板《かんぱん》に戻ってきたジェイソンさんは、網を引き上げるハンドルをクルクルと回した。

おお、大漁でございます。

マグロに似た魚に鯛《たい》に海老《えび》、それと鯵《あじ》や小魚も。わお、カニまで！

「最近皆が漁に出てないから取り放題だなあ」

彼はワッハッハと豪快に笑った。

クラーケン討伐の礼だから幾《いく》らでも持ってけと言われ、私達は本当に遠慮なく頂いた。

勿論《もちろん》、それ以外にも刺身にして皆と食べましたけど、何か。


ピノの町は、私達が戻ってからは祭りのような騒ぎになった。

勢い良く船を出す漁師達。バーで泣きながら飲んだくれては歌う男達。

新鮮な魚介類が入るからと鮮度が落ちた魚を処分しようとする市場の人達を止めて、ただ同然で山のように魚介類を手に入れた私は、「漁師汁～漁師汁～ほぼ原価タダ汁～♪」と浮かれながら食堂で出すミソ汁を寸胴鍋でどんどん作っていった。

町も賑やかになったことで、私達の食堂も無事オープンできる。お客さんの対応で嬉しい悲鳴を上げることになるだろう。

その予想通り、やはり魚とショーユ、ミソの相性は塩だけの時とは比べ物にならないようで、商業ギルドから卸《おろし》の追加が二度入ったほど売れに売れている。

「『海鮮丼』二つ！」

「こっちも『海鮮丼』四つね！」

「うまー。マジでうまい！　生で食えるって話、本当だったんだな、魚って」

「いや、これショーユなかったら多分一生食わなかったと思うなオレ」

「でもワサビも大事だろ？　これがポイントなんだって」

「だなー」

「だろー」

「またミソ汁が魚や貝のエキスが出てて体に染み渡るよなー」

「だなー」

「だろー」

と、最初はあまり馴染みではなかったらしい生食におっかなびっくりだったお客さんも気に入ってくれて、海鮮丼は人気メニューになった。

鮮度の問題で海鮮丼はイートインオンリーだが、焼き肉弁当やしょうが焼き弁当も飛ぶように売れている。

やはり、船を出していると魚より肉が食べたくなるものらしい。甲板《かんぱん》で食べるとより旨《うま》く感じるそうだ。

テンちゃんやトラちゃんの接客スキルも上達し、正に流れるような動きで私には到底太刀打《たちう》ちできない。

そんな風に、ピノでは漁の再開で祭りモードだったせいか、思った以上にお客さんが出入りし、当初三日の予定が五日も営業してしまった。

□□□

「──一つの町に長居すると居着いちゃうし、そろそろ移動しないとねー」

五日間の営業を終えた晩。宿屋に戻って夕食の後、私は皆とお茶をしながら呟《つぶや》いた。

「あと、残ってる町は、パラッツォにバルゴ、エルフの町ローリーだな。それと、島だから船で移動になるけど、ピノから三日行ったロンディール諸島にもヌーリエという町があるし、最初に行ったブルーシャから二日船で移動したとこにピモス島があってザカール村もあるぞ」

クラインが地図を見ながら指で示す。

「船は当分乗りたくない……」

私はうんざりした顔でテーブルに突っ伏した。

「だろうな。まあ陸地を動いたほうがいいと俺も思う。プルはどう思う？」

「あー別にいいんじゃないの？　どうせ一回の旅で終わらないだろ。状況によっちゃ、またショーユとミソ取りに戻らないといけないだろ？」

「そうね、商売用にショーユ三千本、ミソ千樽《たる》をアイテムボックスに入れてきたけど、ここだけでショーユも千本、ミソも二百樽《たる》は卸《おろ》したもんね」

「料理レベルの底上げ計画は順調だね」

ミリアンがクッキーをつまみながら、嬉しそうに言う。

「でも、スイーツまではまだまだねぇ。残念だわあ。女はスイーツ大好きな人が多いじゃない？　アタシも含めて」

「まあそれはこれからよね。一気に全部をレベルアップさせるのは難しいし、これからこれから……と、思い出したわ」

私はアイテムボックスに入れてきた一升瓶を出して見せた。

「ケルヴィンさんに試作品の日本酒何本か貰ってきたのよ。せっかくだから皆で軽く飲まない？　日本酒に合わせたつまみで塩辛と、炙《あぶ》ったイカに、パパリン貝をショーユつけて網で焼いたのがあるのよ」

「お、それはいいな。飲むか」

飲めないトラちゃんが日本酒『サウザーリン（仮）』を人数分グラスに入れる。

「「「「かんぱーい♪」」」」

「お、思ったより口当たりがいい割りに酒精が強いなコレ。酒好きには売れるかもしれんな」

プルちゃんが小さめのグラスをくいっと一気に空けると、少し考えてトラちゃんにお代わりを入れてもらう。

「……僕にはワインより飲みやすい。これがお米のお酒……」

テンちゃんが塩辛をつまんで笑顔になった。

「……これ日本酒と合うね」

「炙《あぶ》ったイカとマヨネーズも絶妙だ」

クラインもプルちゃんと同じでさほど酒に強くないと言っていたのに、顔色を変えずに飲んでいる。

「あらー、テンちゃんはお酒あまり飲んだらダメよぅ酔っ払っちゃうでしょー、見た目未成年なんだものー二杯までぇ」

私はテンちゃんのグラスを取り上げた。

「……僕かなり大人だけど。むしろハルカのほうが……」

「今は子供だからねー、もう寝ないといけない時間なのよぅー」

「ハルカちょっとお酒弱すぎるわよ、まだ二杯しか飲んでないじゃない。ガキねーアハハハ」

ミリアンも既《すで》に頬が赤くなって口調がやや怪しい。

「酔ってないよ〜、でもテンちゃん寝かせないとぉ。プルちゃんも寝るわよぅ。おいで〜」

私がそう言うと、テンちゃんが酒を飲んでいる時より赤くなった。

「……え、一緒に？」

「テンちゃん一人で寝るの寂しい？　じゃ一緒に寝ようか〜私も少し眠いし〜」

「……うん一緒に寝――」

「「させねえよ？　テン」」

私と一緒に立ち上がったテンちゃんを、クラインとプルちゃんが力ずくで座らせる。

「まだ俺達、男同士の積もる話があるし、風呂も入ってないから、なープル」

「そうだなー積もる話も風呂もなー」

「あー、お風呂かー。私も入らないとだから〜、お風呂だけ一緒に入ろうかぁ〜。そのあと積もる話をしたらぁいいじゃなぁい？」

私がにこにこ笑うとテンちゃんは硬直し、両手で顔を覆《おお》う。耳まで真っ赤になり、「……無理無理無理無理、理性が持たない……」と、呪文のように訳の分からないうわ言を繰り返していた。

「……俺様は別に平気だが、クラインも無理だろ」

「風呂以前に一緒の布団から理性崩壊カウントダウンだから」

小声でやり取りをしているクライン達をぼんやり見ていた私は、ミリアンに擦《す》り寄《よ》る。

「ミリア〜ン、皆私とお風呂入ってくれなーい、一緒に入ろう〜」

「いいわよ〜でもチチは揉《も》ませないわ」

「いいじゃなぁい減るもんじゃないし〜、まさか違法建築なの〜」

「誰が違法建築よ。自前に決まってるでしょ。とりあえずハルカ一人だと危ないから行くよぅ。皆、後片付けよろしくねぇ」

ミリアンと私がタオルと着替えを持ってお風呂に向かう背後では、クラインが「ハルカに酒を一杯以上飲ませるの禁止な」と宣言し、プルちゃんとテンちゃんが強く頷《うなず》いていた。


「……あたたた……頭が痛い」

翌日。私は頭を押さえて起き上がった。

「日本酒はやっぱり飲みやすくても強いんだなぁ……」

塩辛が上手《うま》く漬かっていた記憶はあるが、それ以降はあまり覚えていない。お風呂で寝そうになってミリアンにガクガク揺らされたのがうっすら記憶にあるだけだ。

今日はピノを出てパラッツォへ向かう。何日もの馬車の旅になる。少しは二日酔いを治さないとキツい。

「トラちゃんちょっと」

トラちゃんは既《すで》にメイドエプロンで待機していた。プロの仕事人である。

頭のノートパソコンを開いてもらうと、二日酔いに即効性のあるウコンドリンクとトマトジュースをかごに入れた。味は苦手だが、仕方ない。

ついでに、マヨネーズやケチャップ、ソースやお酢など残りが少なくなっていた調味料を大量にかごに入れた。

最初、当座の生活費代わりに女神様に二十万円を入れてもらっていたが、今は百万円近く入っている。

普段の生活に使うお金も必要以上にあった。今回もクラーケンの討伐で五万ドラン以上が私達に支払われたのだ。日本円で五十万である。

トラちゃんはメイドの給料だけで充分だと言うので五人で分けたのだが、それでもイカそうめんを大量に貰って魚介類も大量に頂いてるのに一人十万円だ。

ボロ儲《もう》けである。

皆が旅すがら食べられる魔物を捕獲し、食べられない魔物は殲滅《せんめつ》してくれた。売り物になる牙、骨、毛皮なども売り払ってるし、ショーユとミソも販売が軌道に乗りつつある今、これから何もしなくてて生きていけそうで、正直怖い。

まるでお金持ちみたいだよねぇ、と思ったが、実際お金持ちなのである。

お金をそんなに大量に持ち歩くのは怖いため、私は主な資金を商業ギルドに預けていた。

銀行というシステムに近いものが、商業ギルドの預け入れなのだ。

預けた分の預り証を受け取れば、どこの町の商業ギルドでもそれを見せて引き出し、残額を書き換えてもらえるのである。

既《すで》に私個人で百五十万ドラン（千五百万円）以上を預け入れてある。

持ちなれない大金は怯《おび》えが先に立つ。ただ、老後をのんびり暮らすための自分の家が欲しいので、その分だけは早めに貯めたい。

（クラインの家にいつまでもお世話になれないし、皆が集まるとやっぱり少し狭いからねぇ）

ケルヴィンさんの研究所にも回さないといけないが、既《すで》にショーユとミソだけで研究費の元は取れてるし、マーミヤ商会で扱う調味料の種類は幾《いく》ら増えても困らない。

これからも収入が上がることはあっても落ちることはほぼないと言えるだろう。

移動食堂のお金も入ってくるし、順調すぎる滑り出しだった。

6　新たな食材と新たな出会い

つい先日のこと。私は一度、「パーッと贅沢《ぜいたく》してみよう！」と思い立ち、トラちゃんを呼びネット通販でお高い商品を見てみた。

だが、ブランド品には全く興味ないし、テレビとかは電気がないから使えない。

うーんうーんと悩み抜いて試しに購入したのが、バッテリーで使うタイプのＤＶＤプレーヤーだった。

バッテリータイプだと、なぜか魔法で充電できる。蓄電するタイプのせいかと思ったが、詳しいことは知らない。

それはともかく、プレーヤーを買ったついでに皆で観ようかと、何本かメジャーなＤＶＤも購入した。

精算すると日本円で三万円もしなかったが、私には散財とも言える大盤振る舞いだ。気分はすっかりプチセレブの仲間入りである。

さて、洋画、邦画、アニメと観せたが、なぜか皆がハマったのは時代劇だった。

強い剣士が悪を討つとか、着物が格好いいとか、忍者が出るのが良いらしい。アニメは現実味がなくてイマイチだとのこと。忍者も充分現実味がないと思うのだが。

洋画は出てくる俳優がこちらの世界の人間と似てるので盛り上がりに欠けるとか、なかなか勉強になるご意見だ。

その後、トラちゃんやプルちゃんがこぞこぞと時代劇のＤＶＤを購入して、私が料理をしてる間に上映会をするようになった。

「茨城《いばらき》のご隠居様」シリーズを全巻揃えたようで、皆のお気に入りとなる。

ミリアンは風車の七三郎《しちさぶろう》推しだそうだ。

テンちゃんは見終わるたびに鼻血を出している。クラインも顔を赤くしていた。

最初は何でだろうかと思ったが、入浴シーンとか「あ〜れ〜、クルクルクルクル」みたいな所らしい。

茨城のご隠居様がエロビデオ扱いかと、複雑な気分だ。いい加減何度も観てるんだし、そろそろ慣れてもいい頃なのに。

でも、そんなところが私の愛すべき人達なのである。

「――おっと、いけない。そろそろ朝ご飯作って皆を起こさないと」

そうして私は、今日も食事の支度を始めるのだった。

□　□　□

さて、パラッツォの町はサウザーリン王国の北北西に位置する、リンダーベルの次に大きな町である。

特産品とは違うが、斬新でお洒落《しゃれ》な服や小物の店が多く、美容に敏感な人が多い、日本で言うと渋谷《しぶや》とか原宿《はらじゅく》みたいな町だろうか。

確かに、小洒落《こじゃれ》た人達が一杯いて、青山《あおやま》とかにある雑貨屋とかカフェテリアみたいな店がある。

「オサレな人達は、うちのような食堂に来るんだろうか……お洒落《しゃれ》と食いしん坊は相容れない関係……」

「大丈夫よ、お洒落《しゃれ》しようが美味《おい》しいご飯は食べたいわ。それに化粧水も売ればいいじゃない」

ミリアンにそう言われて「……ああ！」と私は思い出す。

こないだのセンチュリオン様の肉で腐るほど美容液と化粧水を作ってしまい込んでいたのを、コロッと忘れていた。回復薬も一生買わずに済みそうなくらい作ってある。そしてまだ肉は二割も減っていない。

「まあ宿屋に荷物置いてから、商業ギルド行くついでに町の散策をするか。少し待っててくれ」

クラインが馬車を降り、冒険者ギルドに宿屋情報を調べに行ったので、私達は邪魔にならないよう広い大通りの端に寄って待つことにした。

そしてぼんやりと通りの人を見ていた私は、ふと視線を感じる。見覚えのないお兄さんと目が合った気がした。

さりげなく目を逸《そ》らしながら、ミリアンに尋ねる。

「ねえ、あの木のところにいる茶髪のお兄さんて会ったことある？」

ミリアンは、周りを見ているだけみたいな素振りで確認した。

「知らないわねぇ。何、なんかあった？」

「そうか。いや、視線を感じただけ。気のせいかな」

「旅の人間が珍しくて見てたんじゃない？」

「だよねぇ」

話してるうちにクラインが戻ってきたので、私達はそのまま宿屋へ向けて馬を歩かせた。


パラッツォの宿屋では、ホテルのスイートルームのような、広いリビングエリアに三つのツインベッドルームがある部屋をとった。ちょっとお高かったが、私達の用途にはちょうど良かったのだ。ご飯が外食じゃなくほぼ室内ですからねえ、広いほうがいいわ。

ミリアン達に宿屋でくつろいでもらってる間に、クラインと私は商業ギルドへ向かう。

いつもこの組み合わせだが、クラインが言うには、私だけだと押しが弱いので、不利な取引をしそうで不安だからだとか。多分間違ってはいない。

クラインは大変頼りになる。

「こんにちは〜」

この町の商業ギルドはお洒落《しゃれ》な白壁の二階建てだった。

ギルドに入り、三日の予定で店をやりたい旨《むね》を申請する。

ここは珍しく女性のギルマスだ。

ユリイカさんというそのギルマスは、赤毛をポニーテールにした、緑色の目が美しいスレンダーな人で、三十歳前後の大人の魅力に溢《あふ》れている。

「ああ！　私、先日仕事でピノに行った時に貴女《あなた》達のお店を見かけたのよ！　時間がなくてご飯は食べられなかったけど、ショートケーキとか言うのを買って食べたらすっごく美味《おい》しかったわ～♪　何日営業してもいいから、スイーツも出してね。私スイーツに目がないのよ。噴水広場の広い芝生《しばふ》のとこ使って。ここからも近いから私も行きやすいの」

彼女は目をうっとりと細めた。

「ああご存じでしたか。ありがとうございます。それではそちらで明日から営業しますね。宜《よろ》しくお願いします」

話がすんなり終わってホッとした私は、クラインに場所の下見を提案する。

二人でぷらぷら歩いて行くと、ホントに五分もしないうちに目的地に到着した。大きな噴水と、タイルが敷かれたようなカラフルな地面、周囲を囲む芝生《しばふ》がいかにもオサレである。

周りに二つ三つ屋台が出ているが、飲み物と小物類と花屋らしく、特にトラブルにはならなそうで安心した。

「本当に来るつもりみたいだな、あのギルマス」

「そうだね。スイーツだけじゃなく、今度はご飯も食べてもらいたいけどね」

そこでまた、視線を感じる。

私はさりげなく周りを見渡すが、近くには町を歩いてる家族連れやカップルくらいしかいない。

（気のせいかなあ。でもなんだか落ち着かない。この町がオサレで気後れしてるせいかな）

私は首を傾《かし》げた。

まぁいいか、帰って皆とお昼ご飯食べて、町の散策してから食堂の作り置きしないと。ボーッとしている暇はないもんね。

市場にはどんな食材があるのかなあ。楽しみ楽しみ。あ、それよりお昼は何にしようかな。

食モードに入った私は、どうでもいいことを頭の引き出しにしまい込むのであった。

□　□　□

一方、ハルカとクラインがてれてれと宿屋へ向かうのと同時間。二人の男が木陰《こかげ》で話をしていた。

「……グラン様」

「何だ」

「少し見つめすぎではないですか」

「しかしあの獣人の男、彼女とどんな関係だと思う？」

「知るわけないでしょう。初対面ですよ？」

「しかし可愛いなあ。ドレスアップしたらもっと可愛いんだろうな」

「答えを求めてないなら、質問系の発言はやめてもらえますか」

「ジルベルト」

「何ですか」

ジルベルトと呼ばれた男は、グラン様と呼んだ男に顔を向ける。銀髪を短く整えたジルベルトのダークグレーの瞳は、油断なく周囲を窺《うかが》っていた。

グラン様と呼ばれた男は、ライトブラウンの長髪にダークブラウンの瞳だ。

どちらも長身だがジルベルトのほうが少し高く、鍛《きた》えられた体がより彼を大きく見せている。

どちらも違うタイプの精悍《せいかん》な顔立ちのイケメンで、すれ違う若い女性が何人か振り返って頬を染めていた。

「俺は彼女と結婚する」

「それはいきなりですね。相手にドン引きされないと良いですね」

「なぜだ」

「ストーカーから結婚までは、深くて暗い川があるかと」

「仕方がないだろう、ついてかないと彼女が見られないじゃないか。それに彼女が店をやることも分かった。通うぞ」

「まぁ金を使わないストーカーより、金を払うストーカーのほうが幾分《いくぶん》ましかもしれませんね」

「ジルベルト、お前主人に対してえらい言いようだな。一応貴族様な、俺」

「十五年以上もお傍《そば》で仕えてるとストレスが溜まりますので、思ったことはできるだけその場で発散することにしております。それが長続きの秘訣です」

ジルベルトはにっこりと微笑《ほほえ》んだ。

「まぁ、上手《うま》くいくといいですね。伯爵様が孫が孫がと煩《うるさ》いのでしょう？」

「二十四歳にもなって冒険者続けてて、むさい男ばかりと探索してるのに、出会いもクソもないだろう。いいんだよ、兄上が結婚して息子も二人いるんだし。見合いも何度ももってこられたからしょうがなく会っただけだ。なんで良いとこのご令嬢ってのは、ほとんど喋《しゃべ》らなくて食事もちっとしか食べないんだろうな？」

「レディはコルセットとかで苦しいらしいですからね。それにうるさいより物静かなほうがいいでしょう」

「結婚したら一生一緒に過ごすんだぞ？　何考えてるか分からん上に食事もあれでは、楽しくもなんともないじゃないか。その点彼女は実に美味《おい》しそうにパンをパクついていた。とても好ましい。そして美人で笑顔が可愛い」

「ああそうですか。しかし女に興味がないのかと心配しておりましたが、安心しました。グラン様が早く結婚してくれないと、私も二十七ですし、いい加減可愛い妻をめとりたいんです」

「めとれば良いじゃないか」

「嫁や子供のノロケとか言えないでしょうが、グラン様が独り者だと。それにグラン様より先に結婚できませんよ。ずっとグチグチ言われるじゃないですか」

「あながち間違ってはいないな」

「でしょうが。だからさっさと口説《くど》き落とす手段を考えてくださいね」

「……うむ……そうは言うが、何しろ恋愛経験がレベル1なのでな」

「グラン様は討伐でも打たれ強いんですから、玉砕《ぎょくさい》してるうちにレベル上がりますよ、多分。ふぁいとー」

「雑。お前主人の応援が雑」

「恋愛モードの欠片《かけら》もない侘《わび》しい自分の暮らしに心がささくれてるだけですから、お気になさらず」

「お気にするのはお前なんだが」

「さて彼女達も宿屋へ戻ったようですし、私達もいったん屋敷へ戻りましょうよ。疲れました。全ては明日からですよ」

「ああ、そうするか……」

そんな会話がなされていたことなど、ハルカは知るよしもなかった。

□□□

「――本日のメニューは、っと……。焼き肉弁当としょうが焼き弁当は定番で入れて。たまにはチキン南蛮《なんばん》弁当も作ろうかな。あー、ラーメンもやっとかないとダメよね。スイーツも洒落《しゃれ》たところだから、チョコバナナクレープ包みとか試しに作ってみるか……」

早めに起きた私は、朝食の支度をしながら食堂のメニュー作成に没頭していた。海鮮丼も限定五十で作り置きして、売れ具合によってはまた考えようと計画する。

魔法が便利すぎて材料の下ごしらえはほとんどやってもらっているので、なるべく皆のご飯は自分が作るようにしていた。

いや、魔法を使う時も味付けは私がやっているんだけども。野菜の皮剥《かわむ》きとか素材を切るとか、店に出すのはかなりうんざりする量なのである。

スイーツはフルーツタルトとベイクドチーズケーキ、アップルパイを作っておいた。紅茶とコーヒーも在庫はＯＫ。

クッキーはココア味のとアーモンド入り、シナモン入りを作って事前に袋に分けて準備済みだ。

問題は化粧水や乳液などコスメ製品をどう販売するかということだったが、ミリアンがコスメ担当になり広場の隣にワゴンスペースを作って売ることになった。

やっぱり食べるとこで売りたくないしねぇ。良かった良かった。

「今日はクラインとプルちゃんが討伐に行くから人手は足りないけど……まぁ何とかなるか」

ケルヴィンさんによる食用に向く魔物マップは、ピノ、パラッツォ辺りの情報が少なめなので、直接討伐しながら探る路線に変更したのだ。

一方、トラちゃんは店のほうに集中してもらうことにした。接客スキルの高いテンちゃんとトラちゃんがいれば大体は間に合うハズだ。

私も料理を運び会計もするので問題ない。

今日もいい天気だし、頑張って売りますかね。

その時、ベッドルームからリビングに誰かが入ってきた。

「……ふわぁ、おはよーハルカ。いい匂いがする……そろそろ朝飯かあ～？」

「プルちゃんおはよ。今日は和定食よ。魚の塩焼きと厚焼き卵にホウレン草の胡麻和《ごまあ》えとワカメと大根のミソ汁」

「おーいいなー、歯を磨いてくる」

皆も匂いにつられて続々と起きてきた。

「さぁ皆さん、さっさとご飯食べてお仕事の準備よー」

私はトラちゃんと一緒にテーブルにご飯を並べ、皆を急がせるのだった。


「――ありがとうございました～♪」

昼過ぎ。ふぅぅぅぅ、と私は深いため息をついた。

初日は結構暇かもと思ってたのに、朝からかなりの忙しさで目が回りそうだ。

限定五十食の海鮮丼は売り切れた。

大きな町のせいか冒険者が多く、弁当も飛ぶように売れている。

他の町で食べたことがあるというお客さんも段々増えてきて、「あ！　今はこの町で営業してるんだな！　良かったよ、こないだ食ったしょうが焼き弁当が旨《うま》くてなぁ」と買いに来てくれた。そして町の人に「マジで旨《うま》いんだよ、ここの飯も甘い物も！」と勝手に宣伝してくれた。

本当にとてもとてもありがたいのだが、大忙しだ。この時間までミリアンの様子が見られなかったので、お客さんが少し落ち着いてきた今、ちょっと覗《のぞ》きに行く。

するとと、ワゴンに人だかりができていた。

「奥様は、拝見したところ、肌がきめ細かいせいか敏感肌ではございませんか？」

「そうなのよ。化粧水とかもかぶれるのがあって、困ってしまって……」

「マーミヤ商会で今イチオシの商品がこの化粧水と乳液なんですが、わたくしもかなりの敏感肌で、肌荒れがひどくて困っておりましたの。それが、この化粧水と乳液だけに切り替えたら一日二日で嘘のように肌荒れが治まり、ぷるっぷるになりまして、メイクののりも最高ですのよ。ほら見てくださいこの肌ツヤ」

「まぁ、一日二日で？」

「そうなんです。三日はおりますので、今日お求めになってお使いいただき、お肌に合わなければ商品をお持ちください。返金いたします。まずはお試しくださいませ。そちらにおられる皆様も是《ぜ》非《ひ》お試しいただければ、この商品が良いものであることが確実にお分かりいただけます。宜《よろ》しければいかがですか？　せっかくの美しい目鼻立ちが、ニキビや肌荒れで台なしになって鏡を見るのがお辛《つら》い方も、肌に合わない場合は返金しますし、試して損はございません！　恋人やご主人様に『綺麗になった』と言わせたい、そんなお客様にもお薦めでございます。超オススメ商品が今なら一つ百ドラン、二つご購入で百八十ドランにさせていただきます！　きっとお気に召すと確信しておりますわ」

「ダメなら返品していいのね？　じゃ頂くわ二つ！」

「私もどっちもちょうだい」

「早速帰って使ってみるわ！」

どこのカリスマコスメ販売員かと思うような語り口でミリアンは荒ぶるお姉様方を転がしていて、商品はバカ売れしていました。

百年に一度遭《あ》うか遭《あ》わないかのプラチナレアな魔獣センチュリオン様のエキス入りですからね。ほぼ効かない人はいないだろうし、返品返金はないと見ての販売方法、流石《さすが》です。

ミリアンが気配に気づいたのか私を振り返り、口パクで（在庫もっと出して）と言ってきた。私はＯＫサインを作り、キッチンのアイテムボックスから二百本ほど在庫を出し、トラちゃんに持っていってもらう。アイテムボックスに入れていないと持てない重さなのに、トラちゃんは力持ちなのでヒョイヒョイ気軽に運んでくれる。

皆が有能でありがたいです。

「……ハルカ、三番にミソラーメンと焼き肉弁当」

「はいはいっと。テンちゃんも少し休んで。疲れたでしょ？　クレープ出しといたから食べて」

「……ありがと」

ちょこんとキッチンに置いてある椅子に腰かけてクレープを食べながら幸せそうにしているテンちゃん。彼は甘い物がかなりお気に入りなのである。

「お待たせしました～ミソラーメンと焼き肉弁当です」

彼の代わりに私が注文品を運んだ三番テーブルにいたのは、冒険者っぽい二人組、どちらもかなりのイケメンだ。

（この国は何で、こうも美男美女さんが多いのかしら ね。凡人にはきらびやかすぎて眩《まぶ》しいのよ）

典型的日本人である私のあっさりした顔は、洋風の彫りの深い顔立ちの人達から見れば、この国の料理と一緒で物足りないに違いない。だからというわけではないが、眩《まぶ》しい生き物は私の苦手分野である。

ただ最近、周りにいるのがなぜかイケメンばかりなので、少し慣れてきたところではある。いいもんね、商売で生きてゆくもんね。

「貴女《あなた》がオーナーか？」

その二人組に話しかけられる。

「はいそうですが」

「朝も食べたのだが、どれも旨《うま》いな！　味つけも今まで口にしたことがないものばかりだ」

「ショーユとミソという私の出身地のニホンという島国の調味料を使っております。商業ギルドで卸売《おろしう》りをする予定ですので、良かったらお求めくださいね」

ごゆっくり、と笑顔で頭を下げると、私はキッチンに戻った。

「……ご馳走《ちそう》さまでした」

テンちゃんがバナナクレープを食べ終わって皿を片付けている。

「美味《おい》しかった？」

「……ハルカの作るのは全部美味《おい》しい」

彼は最初の頃、無表情なことが多かったものの、最近は意外と喜怒哀楽を出す。

美味《おい》しいモノを食べた時とか私が誉めた時など、目元を緩ませて嬉しそうにするようになったし、DVDを観てる時は口元が楽しそうにきゅっと上がっていることがある。

（一緒に暮らしてないと、なかなか変化に気づけないわよねー）

私はテンちゃんがもっと表情豊かになってくれるのを楽しみにしていた。

五百年以上も生きているとあまり変化のない暮らしだったと言っていたので、一緒にいる間はなるべく楽しく過ごせるようにしたいと思っているのだ。

私のここでの生活もほぼ半年。

家族のように付き合える人達ができて、本当に幸せだと思った。

両親が亡くなって何年も一人で暮らしていたので初めはとまどったが、今では皆、なくてはならない人達である。

「……だから、私にできる限りのことをしないとね」

そう呟《つぶや》くと、またせっせと食堂の仕事に勤《いそ》しむのであった。

□　□　□

「――今日は大分会話が弾んだなジルベルト！」

「弾んだというか、ごく普通のお客と店主の会話でしたけど。しかし本当に旨《うま》いですね、あの店の料理」

「綺麗で笑顔が可愛くて料理も上手《うま》くて欠点が見つからないな。是非《ぜひ》とも嫁に――」

「――したいと思ってる人はグラン様だけじゃないと思いますよ。早く金払いのいいストーカーからステップアップしてくださいよ。気を引くトークの一つでもかましてください」

「分かってる！　……しかし声も可愛いなあ」

「そーですね」

「だからどうして、お前はそう相槌《あいづち》が雑なんだ」

「じゃあ正直に言うと、私も好みのドストライクゾーンなんでアタックしてもいいですか」

「ダメに決まってるだろ」

「でしょう？　だからグラン様が玉砕《ぎょくさい》するまで我慢するんですよ。雑になるのも仕方ないでしょうが」

「玉砕《ぎょくさい》してたまるか」

「はいはい頑張ってください」

そんな会話がされていたことも、当然ハルカは知らなかった。

□　□　□

「――おいクライン」

「なんだプル」

「……迷ったぞ」

「奇遇だな、俺もだ」

パラッツォでハルカ達が初日の営業にてんやわんやしている頃。クラインとプルは別動隊となって、近くの森の奥深くへ「魔物殲滅《せんめつ》」と「食料調達」に来ていた。

最初はのほほんとオーガやらドードー鳥などを狩りつつ食えない魔物を殲滅《せんめつ》し、日差しが傾いてきたところで、来た道を……戻ったはずなのに、進めば進むほど見覚えのない景色になる。

「こんなでかい木、なかったよなぁ」

「ああ、流石《さすが》に目印になるレベルだし、覚えてないわけないだろ」

クラインは方向音痴が時たま発動するし、プルは野生の勘というファジーな領域を好むので、この二人だけで動こうとすると、時に思いもよらない迷い方をするのだ。

「うおっっ！」

その時、クラインが何かに足を取られてスッ転ぶ。すぐ起き上がろうとするが、上手《うま》くいかなかった。

「何やってんだ、ほら手を貸せ」

人目もないのでふわふわと浮いて移動していたプルが、クラインに手を伸ばす。

けれど、引っ張り上げようとしてツルッと手が滑り、反動でプルも地面に転がった。

起き上がろうとしているのに、少しずつ地面に沈んでいく。

火の魔法を放ってみるがジュッ、と呑まれて消えていった。

「――おいこれ底無し沼か？」

「分からんが、体が沈まないように動かしてないとヤバそうだ！」

クラインが腕を動かしてプルに忠告する。

「ったく、順調だと思えば、こんな落とし穴があったか……食料持ち帰らないとハルカが泣くぞ」

「だが自力ではどうもならん。ちょっと霊体でも飛ばしてハルカ達に救助を頼め」

「霊体って助け求める前から俺様を殺す気か！　……いや待てよ」

プルは自分の髪の毛をぷちぷちっと抜くと、フッと息を吐く。十センチほどのプルのコピーが三体できた。

「お前らハルカんとこ行って急いでこの場所伝えろ」

『かしこまり』

『かしこまりんこ』

『かしこかしこ』

ちんまいプルの分身がふわふわと町へ戻っていく。

「さて、暫《しばら》く耐えるかクライン」

「ああ。しかし、ねばついて体がなかなか動かんなクソッ」

「ハルカ～早く来てくれ～割りと洒落《しゃれ》にならんぞ～」

二人は天に祈った。

□□□

最後のお客さんを送り出して片付けも済んだのに、未だにクライン達が戻らない。

私は少し不安になっていた。

「夕方になる前には戻るって言ってたのになぁ」

「宿屋に戻ってるのかもしれないわね」

ミリアンも片付けを終わらせて戻ってくる。

「……ここにいても仕方ないし宿屋で待ってる？」

テンちゃんがエプロンを外して私を見上げた。

「そうね。まぁあの二人で倒せないレベルの魔物はこの辺じゃいないはずだし」

皆で戻ってようかと馬車を動かそうとしたその時、森のほうからふよふよと見覚えのある顔をしたちっさいのが三体飛んでくる。

『ハルカハルカ』

『底無し沼っぽいのにハマったの』

『お助け希望なの』

「プルちゃん？　……の分身だよねきっと。どこにいるのっ、さっさと連れてって！」

私は慌てて駆け出す。

「テンちゃんも来て！　ミリアンとトラちゃんは馬車で先に宿屋に戻って待ってて！」

「了解！」

テンちゃんと一緒にプルちゃんズ（ミニ）を追いかけて走り出すと、後ろから一緒に並走する人影が二つある。

「ハルカさんっ大変そうなんで助太刀《すけだち》します！　俺はグラン、連れはジルベルトです。俺は一応Ａ級の冒険者ですし、連れはＳ級なんでお役に立てると思います！」

「え？　誰よ？　……あれ、お客さん……？」

昼間の二人組のイケメンの冒険者さんだった。

なんで手助けしてくれるのか知らないけど、人手がいるかもしれないのでとりあえずお願いする。

「すみません、友だちが底無し沼に落ちたみたいなので、助けるの手伝ってくださいっ！」

「分かりました！　ジルベルト、行くぞ！」

「了解しました！」

私は魔法で身体強化をかけているし、テンちゃんは元から体力も魔力も膨大なので、鍛《きた》えている男顔負けのスピードで走る。

必死に付いてきてくれたグランさんとジルベルトさんだが、現場に到着した時にはかなり息が切れていた。

「クライン！　プルちゃん！」

白っぽい沼でクラインとプルちゃんが必死に腕をバタバタさせている。

「ハルカ〜早く早く〜俺様もうヤバいマジで」

プルちゃんは首まで沼に浸《つ》かっていた。

「ロープあるぞ！」

ジルベルトさんが差し出したロープを、私は思いっきりぶん投げる。

上手《うま》いこと二度目で二人の近くにロープが落ちた。

「掴んで！　引っ張るよー！」

私とテンちゃんがロープの前を、グランさんとジルベルトさんが後ろを掴んだ。

クラインとプルちゃんが必死に掴む。

身内以外の人がいるので魔法をめったやたらに出せず、身体強化のみをダブル掛けで引っ張った。

とにかく手がヌルヌルして、滑るし痒《かゆ》いしで手間取ったが、何とかクライン達の救出が済む。

ふうやれやれ、と思い、ふと私は沼を見る。

この見た目には覚えがあった。

（……痒《かゆ》い？　まさか……）

「あのっ、冒険者のお兄様方！　これ、植物とか野菜ですかね？」

沼モドキを指して私は尋ねる。

「あ、ああ、ヤマーモという野菜の溶けたやつじゃないかな。といっても食ったことはないが。農家の人間が他の野菜を育てるのに邪魔で、よく掘り出しては捨ててるやつだ。……あー、それが溜まってこんなになったのかな？」

「こ、この辺で生えてるんですか？」

「ああ、この森近辺ではちょっと掘れば出てくるよな？」

グランさんがジルベルトさんに確認し、ジルベルトさんが頷《うなず》く。

それを聞いた私はカサカサッと森の奥へ走り込み、アイテムボックスから取り出した研究所用の小さな鍬《くわ》でザック、ザックと地面を掘り返し始めた。

初めはぼんやり見ていたプルちゃんが、私の「あー、やっぱり山芋《やまいも》～♪　ひゃっふ～♪」という声を聞いて、「ハルカ、それ旨《うま》いのかー？」と声をかけてくる。

「揚げてよし、下ろしてよし、漬け物にしてよしの、ワクワク野菜よ～！」と叫び返したので、クラインもプルちゃんもすぐに小枝をかき分けて現れ、掘り起こすのを手伝ってくれた。

「おーマジですぐ見つかるな！」

「とりあえずこの近辺のものは全部頂こう！　明日にでも農家の人と契約結んで定期的に仕入れれば、食堂でもトロロご飯定食が出せるじゃないのっ」

「それはいいな！　安く入手できそうだし！」

放置されたグランさん達はどうすればいいか分からず突っ立っている。

「……ヤマーモ、って旨《うま》いのか？」

「いや、初めて聞きました」

小声でボソボソと囁《ささや》き合《あ》った。

「しかしハルカさんの食への熱意は凄《すご》いな。あの行動力にも惹《ひ》かれる！」

「行動力というか、飽くなき食べ物への執念というか」

プルちゃん達の持ってたアイテムボックスに山のようにヤマーモを入れ、私のアイテムボックスにもかなりの量を放り込んだ後、ようやく私はお客さんを忘れていたことを思い出す。食べ物が絡むとすぐ夢中になるのも考えものだ。

「えーと……お待たせしてしまってごめんなさい！」

私は二人に頭を下げた。

「助けていただき本当にありがとうございました。あの、良かったら宿屋でヤマーモと肉祭りをするので、トロロご飯食べて行きませんか？」

「「喜んで」」

あのドロドロの味は知らないだろうに、チャンスは逃さない二人であった。


招待を受けてくれたグランさん、ジルベルトさんと私達はパラッツォの宿屋に戻ってきた。

「ちょっと支度しますので、しばしお待ちを！　あ、トラちゃん、お茶お願いね。あとクラインとプルちゃんは急いでお風呂に入ってきて。ヤマーモは痒《かゆ》みが出て、人によってはかぶれることもあるから。グランさん達もロープ掴んでたから手を洗ったほうがいいですよ」

そう声をかけながら、キッチンへ向かう。

「お兄さん達、ありがとうございました。クライン達の救出を手助けしてくれたんですってね」

洗面所で手を洗い戻ってきたグランさん達にミリアンが声をかけた。

「いや大したことはしてないですよ」

本当にロープ投げて引っ張るの手伝っただけである。

「ハルカの作るご飯は美味《おい》しいからガンガン食べてってね♪」

「お言葉に甘えてしまって、こちらこそ何だか申し訳ありません」

トラちゃんがお茶を持ってきてグランさん達にお辞儀をしながら置いていく。

風呂から出たクラインとプルちゃんも手伝い、あれよあれよと皿が並んだ。

「今夜は、ヤマーモの天ぷらと、トロロとマグロのやまかけ、ヤマーモのピリ辛漬け、と。もう少しで焼けるわよ……ング様のガーリックサイコロステーキ～。プルちゃんアレよろしく～」

「らじゃ」

オーガキング様の肉はあまり出回っていないらしいので、私は曖昧《あいまい》に濁す。変に遠慮されても困る。

「まあ！　久し振りね～」

「初めての食材に加えて、だからな。テンションが上がるな」

「飯を～飯をくれぇっっハルカ～いや、酒もくれ～！」

「私もワインね～！」

皆が明らかに異常なテンションである。

私は山盛りした肉を載せた皿を、プルちゃんに見せた。

「防音？」

「ＯＫ」

「防臭？」

「ＯＫ」

「オッケー祭りよおお〜っ♪」

皿をトン、と置いた途端、押し寄せる美味《おい》しそうな匂いに二人がむせかえる。

「こ、これっ、な、何の肉ですか？」

ジルベルトさんがこぼれ落ちそうになったヨダレを拭《ぬぐ》いつつ私に尋ねた。

「んーと……内緒ですよ？　オーガキング様です。激ウマですよぅ〜」

「……ぶぇっ？　オーガキングぅぅ〜？」

グランさんが驚く。

「かなり美味だと聞いたことがあります……」

「「「いただきま〜す！」」」

皆が手を合わせ肉に手を伸ばすのに合わせて、グランさんもオーガキングの肉に手を伸ばした。

そして、口を押さえる。

「うふふふ。肉がね、柔らかくて蕩《とろ》けて消えちゃうの♪　ほらほら、お酒にも合うんですよぅ」

ミリアンがワインをどぼどぼぉ〜っとグラスに注いだ。

「ワインもね、葡萄《ぶどう》取ってきてハルカが作ったオリジナルよ〜。まだ売れるほどの本数がないから私達が消費してるの」

「マジで旨《うま》いです、凄《すご》いですねハルカさん！」

「グランさ……、グラン、このヤマーモの天ぷらもあの見た目から想像できないくらいふわっと柔らかくて、このつけ汁とまた相性が抜群で旨《うま》いです！」

ジルベルトさんがグランさんに声をかけた。

「……うおっ、ホントだ！」

「トロロ飯、うまー。マグロがいいアクセントだわ。ワサビも入れてるなハルカ！　これがまたんまくて飯が進むな～」

「プル、このカットした漬け物も唐辛子が入っててピリッと来るが、ショーユ味のタレと合ってトロ味がついいててイケる」

「日本酒のほうが合うかもね～。ささ、グランさんも日本酒のお試しを。ジルベルトさんもいかがですか～？　これまた美味《おい》しい塩辛があるんですよ～」

私はいそいそと日本酒を入れたグラスを持ってくる。

「あ、どうも。……うわっ、これもまた酒精キツメだけど喉ごし良くて旨《うま》いですよ！　ハルカさんなんでもお上手ですね～！」

「……にゃははは、それほどでもぉ～」

クラインが、その声で私をとがめた。

「ハルカ……？　お前、それ一杯目だよな？　いつの間に出しやがった」

「ん～？　一杯目だよぉ～？　漬け物に合うな～って出してぇ、飲んでぇ、グランさん達に持って来ないとぉ、って注いでぇ、自分のも減ってたから注いで～。でも一センチくらい残ってたから一杯目のまんま～♪」

「それを二杯目って言うんだよ！　酒が弱いクセに飲むなアホ！」

彼は日本酒の入ったグラスを私から取り上げようとする。

「……いやん。せっかく美味《おい》しいオツマミがあるのに。クラインとプルちゃんを助けて疲れたにょ」

「……ハルカ、また記憶飛ばすから飲んだらいけない」

テンちゃんが慌てて私のもとにやってきた。

ん？　前に記憶飛ばしたっけ？

「あ、テンちゃん、ちゃんと食べてるぅ？　成長期なんだから沢山《たくさん》食べなきゃダメよー。ほらほらこれ美味《おい》しいよ～？」

私は近くにあった天ぷらを箸でつまんで、出汁汁《だしじる》に軽くつけると、「はい、あーん？」とテンちゃんに微笑《ほほえ》んだ。

「……ハッ、ハルカ……」

「あーんは？」

「……あーん」

「はい、よくできました。テンちゃん、いい子いい子」

頭をなでなでされて顔を赤くしたテンちゃんは、後ずさりしてしゃがみ込む。

「テンっ、馬鹿お前。ハルカの押しに負けてどうするよ！」

「……ごめん。もう色々無理無理無理無理無理……」

彼は体育座りでぶつぶつ言い出した。

「あー、ジルベルトさんもー、オーガキング様、食べてね？　はい、あーん？」

「……あーん」

「ジルベルトお前殺すぞ」

「すみません、独り者の煩悩がストップを許しませんでした。わが人生に一片の悔いなし」

「グランさんも漬け物あーん？」

「あーん」

「あんた溜めもないんすか」

「断る選択肢がない」

「ハルカ～あんたまた酔っ払ったのねぇ？　ほんとにもう」

「だから酔ってないってば～。自分で歩けるし～」

「ハルカは歩きながら地雷を撒いてんだよ」

プルちゃんがさっとグラスを取り上げた。

「あっプルちゃんひどい～」

取り返そうとするが敵わず、よろめいた私はクラインの膝の上にダイブしてしまう。

「ハッ、ハルカ……」

「クライン、プルちゃんがねぇ、私のお酒持ってっちゃったの～。勿体《もったい》ないからあれだけ飲ませて～。

取ってきて～。お・ね・が・い？」

そう言ってクラインにもたれ掛かった。

「――プル、もうここまで飲んでしまってるから、残りをやっても……」

「鼻血出しながら言うな！　お前ら煩悩捨て去れぇ～っ！　ミリアン、風呂連れてけ」

「らじゃーなり～」

ハルカーハルカーお風呂よぅ、と、ミリアンがクラインの胸でうとうとしていた私を起こして引きずる。うん少し眠いわ確かに。

「トラちゃん着替えとタオルお願いね～」

頷《うなず》くトラちゃんに手を振り、彼女は私を抱えた。

そして私はグランさんとジルベルトさんが挨拶《あいさつ》をして宿屋を出ていったのを見送ったらしいが、覚えてない。

□□□

「……至福だった。とにかく至福だった」

「本当に……」

「ハルカさんの箸であーんだぞ。か、間接キスじゃないか、これは？」

「グラン様、美女のあーんは男の果てない夢……今夜は夢を叶えてしまいましたね」

「……至福だった」

ジルベルトは、間接キスを喜ぶ主人に、実は自分の次にあーんされたのでむしろ自分と間接キスなんじゃないかと思っていたが、それを言って天国から地獄へ落とすほど鬼ではなかった。

勿論《もちろん》、自分の身の安全を考えなかったと言えば嘘になるが。

□□□

ヤマーモ祭り翌日。

私は朝早くからせっせと食堂用のご飯の作り置きを仕込みつつ、トロロの山かけご飯をメニューに入れることを決めた。

今回はホタテに似たパパリン貝を乱切りにして、ワサビショーユに漬けトロロに放り込む。新鮮なのがピノで沢山《たくさん》買えたからね。

いや、トロロってそのまんまも美味《おい》しいけど、魚介類入るともっと美味《おい》しいよね。

定番の焼き肉弁当としょうが焼き弁当のついでに、沢山《たくさん》取ってきてくれたドードー鳥でチキン照り焼き丼も出すかな。

あー、しかし日本酒は暫《しばら》く止《や》めとこう。

ケルヴィンさんが飲みやすい仕上がりにしてくれたせいで、和風のおかずが出ると試飲と言いながらつい飲みすぎてしまう。

朝は二日酔いで頭痛いし、塩辛出した辺りからほとんど記憶がない。

私はまたしてもウコンドリンクとトマトジュースを一気飲みする羽目になった。

これ嫌いなのよねえ味が。それなのに効き目が早いのが、何か腹立たしい。

昨日は大量にお肉を獲ったので今日は討伐を休みにしたクラインが、朝早くから出かけていって農家の人とヤマーモの取引についての話を詰めてくれた。

「誰も食わないのに雑草ばりに幾《いく》らでも生えてくるので困っている」との話で、引き取ってもらえるなら手間賃程度で集めてくれるとのこと。

まあそれだけだと申し訳ないので、少しは色をつけたとクラインが教えてくれた。勿論《もちろん》結構でございますよ。労働の対価だもんね、ケチケチしたらいけません。

それにトロロの美味《おい》しさを万人に広めないと、ヤマーモが浮かばれないじゃないか。

これからは湯水のようにヤマーモが入ってくるので、次はお好み焼きでも作ってみますかねえ。

トロロを混ぜるともちもちして美味《おい》しいよねえ。クレープみたいに歩きながら食べられるよう、大判焼きサイズでもいいかも。

そういえば、まだ春先なので花が咲いておらず、すぐには気づかなかったが、ここにはヒマワリ畑があった。それも北海道のラベンダー畑的な壮大な広さで。

（……ヒマワリ油が作れる）

これである。

いや勿論《もちろん》、乙女ゴコロは死滅していないので、わぁ～咲いたら綺麗よねぇ、とは思う。

思いはするが、しかし花はいつか枯れる。

その種を有効に活用してヒマワリ油を作れば、この国の人達にも揚げ物やサラダのドレッシングなど、美味《おい》しいモノを家で味わえる幸せを感じてもらえるに違いない。日本では高級品なのよ。

この国は、食に関してのレベルが低すぎる。せっかく素材は良いものが多いのに、煮るか焼くかの調理方法、塩コショウと砂糖、蜂蜜《はちみつ》程度の調味料で、どれほど美味《おい》しさを引き立てられるのか。

初めの頃は、この国の人にとって食べるモノは栄養分を取り入れるだけのもので味には全く興味がないのかと絶望したが、食堂に来るお客さんだって、美味《おい》しいモノを食べて幸せそうにしていた。

食を向上させたいと思っても、単に『調味料や食べ方などを研究する人達』が限りなく少ないだけなのだろうと推測したのだ。

それなら私が広めればいいのである。

食材はできる限りの努力をして美味《おい》しく頂く義務がある――というのが私のポリシーだ。伊達《だて》に日本人の知識は持っていない。ここでは『料理の知識』もチートなのである。

私が女神様に転生させられたのは、もしかするとこの国を日本のような食大国にするためなのか。いやそうに違いない。そうでなくては、ただのどこにでもいる食いしん坊をここへ転生させるわけがない。……その割りには森に雑に捨てられてたが、まあそれは忘れよう。

この世界に来て、やることが格段に増えたが、色々と自分の努力が実ったり報《むく》われたりする充実感がある。

ショーユ、ミソは知名度が上がってきた。これからソースやケチャップ、メンツユや出汁《だし》の素《もと》など商品化したい調味料は多いし、パティスリーなどお菓子やケーキ専門の店も出せたら嬉しい。レストランほど高級ではない、飯屋みたいなものも作りたいのだ。だが、いかんせん人手が足りない。

こちらの人に任せるのは心配だし。

人の口に入るものだからこそ、自分の目が行き届く範囲しかやりたくないのだ。

マニュアルを作るにはトラちゃんにも助けてもらわないといけないし、時間がかかるのよねぇ。

ま、先のことは今考えても仕方がない。

とりあえず朝食ができたので、皆を叩《たた》き起こしてご飯を食べさせる。食堂を開くために急がせたが、クラインとテンちゃんに、なぜか目線を逸《そ》らされてしまった。私、何かしたのだろうか？

「プルちゃん、何だかクライン達から避けられてる気がするの。私、何か失礼でもしたのかな？」

するとプルちゃんが糸目で答える。

「いや、酒を飲んだから寝起き悪いだけだろ」

「そうか……それならいいんだけど」

はて。どんな会話をしたかすら思い出せない。酒は飲んでも呑まれるなと言うのに。

「ハルカは酒弱いから控えろ。さあ行くぞ～商売商売♪」

「あー、いけない。昨日、朝食を食べに来るって言ってたお客さんもいたわね！　急ごうか」

そうして、私達は宿屋を出て馬車に乗り込んだ。

□　□　□

「ハルカさーん！」

「はい？　……あ、いらっしゃいませグランさん。ジルベルトさんもご一緒ですか」

　本日はパラッツォ最終日。あれから、グランさん達は朝、昼、夕方と昨日も今日も訪れてご飯を食べてくれている。余程気に入ってくれたのか、ありがたいことだ。

　私はトロロの山かけご飯とチキン照り焼き丼を頼んだ二人のために、アイテムボックスからそれを用意をした。

「最終日もほぼ売り切れましたね、全てのメニューが。

　ヤマーモは、この辺の人には嫌われているらしいので、トロロ山かけご飯は流石《さすが》に難しいかと思ったが、グランさんは毎食頼んでくれた。

「いやぁ、本当に旨《うま》い！　こういった食べ方もあるんですねぇ！　またパパリン貝にワサビショーユが利いてて旨《うま》い！」

　そんなサクラ紛いの彼のヨイショのお蔭で、食べて好きになってくれる人が増えたのである。

　ミリアンのコスメ販売も好評だった。

「まあ奥様、昨日も四つお買い求めではなかったですか？　また五セットですか？」

「昨日ね、主人が『最近肌が綺麗になったね』って褒めてくれて、そのままいい雰囲気でベッドに……って、きゃぁ言わせないでよ！　今日が最終日だから、まとめ買いしておかないと大変なのよ！　もう離れられないわ、マーミヤ商会の化粧水と乳液」

「私も彼氏が『いつも可愛いけど、今まで以上に可愛くなったよ』ってぇ～！　だから十セットお願いします！」

などと、バーゲン会場のようにマダムとお嬢様が群がっている。リピーターと、リピーターからの評判を聞いて駆けつけた新規のお客さんを、ミリアンがちぎっては投げちぎっては投げ。最終日も大にぎわいだ。

何度も補充に行かせたトラちゃんまでが持ち上げテクを学んだのか、『マダムにはそれ以上の美貌は必要ありませんが、維持はしていただかないと世界の損失でございます。ついでに隣の移動食堂で美味《おい》しい紅茶を飲みながらケーキでも食べて、お休みがてら周りの男性に目の保養をさせてあげては？』とか書いたメモをさりげなく見せているしね。生まれついての商売人のようだわ、二人とも。

そちらをちらっと確認しつつ、私は注文品を運ぶ。

「お待たせしました～」

「今日も旨《うま》そうですね！」

ジルベルトさんまでヨイショ班なのかしら。

「もう殆《ほとん》ど売り切れましたので手助けは大丈夫ですよ」

私はコソッと二人に話しかけた。

「いや、本当に旨《うま》いですから手助けも何も、そんなもの不要じゃないですか」

「あはは、ありがとうございます」

「……あのっ、ハルカさんはいつまでこちらに？」

「うーん、そうですね。今日で食堂も終わりですし、明日商業ギルドでショーユとミソの卸《おろ》しの話をしたら、バルゴの町へ行こうかと思ってます」

バルゴとエルフの町ローリーに行けば、陸続きの町は制覇である。

バルゴは、パラッツォから南へ馬車で三日の位置にあるそうだ。

お客さんが言っていたのを小耳に挟んだが、到着予定日辺りから数日間、バルゴでは大規模な祭りがあるらしい。それでローリーへ行くつもりだったのを皆で相談して変更したのだ。

だって祭りですよ祭り。ワクワクするじゃないですか。

私は祭りが大好きだ。

と言うか、祭りを嫌う人はそんなにいないだろう。

どうせ祭りの出店にもあまり美味《おい》しいものはないだろうし、私達が食堂でなく出店の一つとして大判焼きやらイカ焼きやらを売ろうかと画策中である。

「あー、そうだ！　グランさん達、あの丘のところのヒマワリ畑？　どなたの持ち物かご存知ですか？」

急に話を振られて慌てたのか、グランさんが喉を詰まらせた。

「ごほっ、ヒマワリ畑？　ですか……ああ、あそこはうちの敷地ですけど」

「……本当ですか？　お金持ちだったんですねぇ～あんな大きな畑をお持ちなんて。なら、ヒマワリの種を譲っていただくのは可能ですか？」

「え？　ええ、それは構いませんけど、まだ何ヶ月も先ですよ」

「構いません！　楽しみです！　収穫されたらリンダーベルの商業ギルドに連絡してもらえますか？　ちゃんとお金を払いますから！」

私は頭を下げると急いで馬車に戻り、日本酒の瓶とツマミが何種類か入っているお弁当箱を入れた紙の袋を取ってきた。

他の瓶や樽《たる》も入っており、かなりずっしりしている。

「良かったらこちらをお持ちください。昨日のお礼と言ってはささやかですが、ついでにショーユとミソもお二人分入れておいたので、料理にでも使ってくださいね」

「――おねーさん、照り焼き丼まだあるー？」

「はーい大丈夫ですよ～！　それじゃ、宜《よろ》しくお願いしますね」

他のお客さんに呼ばれた私は、二人の席を離れたのだった。

□　□　□

「……グラン様？　付き合いを申し込むと勇んでおられたのはどこの誰ですかね？　とんだチキン野郎じゃないですか」

「……バ、バカだな、ヒマワリ畑があったお陰でハルカさんの家に行く口実ができたじゃないか」

「運良く、たまたま、ですよね」

「たまたま、というのが運命的な何かを感じるよな」

「いえ全く」

「お前、ショーユとミソ要らないんだな」

「要りますよ勿論《もちろん》。大人げない。日本酒とツマミだって半分こですからね。ハルカさんは私達二人にくれたんですから。いやぁ昨日の飯も旨《うま》かったし、楽しみですね〜！　今夜は楽しく飲みましょう！」

「大人げないのはお前だ。何度も言うが主人オレな？　……しかしそうだな。数ヶ月したら、またハルカさんに会える。よし、今夜は飲むぞ！」

「そうしましょう、そうしましょう！」

二人は意見の一致を見て、楽しくご飯を再開するのであった。

□□□

「いやー、ハルカちゃん達、もうパラッツォ発つのぉ？　あと二、三年くらいいない？　宿代はギルドで払うから。いえ、むしろパラッツォに住むというのはどう？」

「いやぁ、お気持ちは有り難いのですが、ちょっと仕事の関係もあるので……すみません」

翌日。

クラインと私はショーユとミソの卸《おろ》しの件で昼前に商業ギルドを訪れていた。卸《おろ》しの話はすんなり終わったのだが、ギルマスのユリイカさんがとても社交辞令とは思えないほど残念がってくれる。いや、ほぼ毎日買い込んでいったスイーツが食べられなくなるのがイヤなだけの気がする。というかそれしか考えられないですユリイカさん。

「でも無理は言えないわね。……定期的にお菓子も卸《おろ》してくれないかしら？」

お、本音がストレートに。

「クッキーとかパウンドケーキなら可能ですよ。ある程度保存期間がありますから。それでも早めに食べていただくほうが有り難いですが」

「それでもいいわ！　生菓子食べたい時は、仕事にかこつけてリンダーベルに行くから」

新たにクッキーとパウンドケーキまで卸《おろ》すことになった。

私はふと思い出して、袋から取り出す振りをしながらアイテムボックスからラスクを出す。バターシュガーのシンプルなモノときな粉のを二つ。

たまに食堂で時間がある時にお持ち帰り用のサンドイッチを作っているのだが、カットしたパンの耳が勿体《もったい》ないのでラスクを作ったのだ。これが、クライン達には評判が良く、彼らは仕事の合間のちょっとした休み時間にカリカリ食べていた。スナック感覚だ。

前世でもパンの耳は十円二十円で結構な量が買えたので重宝した。これもかなり日保ちするので、どうかかと思ったのだ。

「これはラスクって言いまして、パンの耳をオーブンで焼いたのにバターと砂糖を軽くまぶしたり、それプラスきな粉をまぶしたりしたやつなんですけど、こういうのもお好きですか？」

　こっちのパンはシンプルな丸パンやコッペパン、フランスパンが殆《ほとん》どで、菓子パン的概念がそもそもない。

　試食したユリイカさんは、「あら美味《おい》しいわね！　これも一緒にお願いしたいわ」と高評価だ。

　よしよし。これでパンの耳も処理できそうだ。

　皆に食べてもらっても、どんどん溜まるので困っていた。幾《いく》ら時間経過なしで容量無限と言われても、増え続けるのは如何《いかが》なものかと内心思っていたのだ。

　大変有意義な話し合いが終わり、満足してギルドを出た私を、クラインが「段々と商売人になってきたなハルカ」と褒めてくれる。

「でしょう？　あんまり皆に頼りすぎても先々困るし、交渉みたいなのは苦手だけど、少しずつ頑張ろうかと思って」

「おー、エライエライ」

　頭を撫《な》でられた。

　むむむ。三つも下の人に子供扱いされてる。まだまだ異世界知らずですからね、頼りないんだろうけど複雑だわ。ま、あっちでも社会には出てないから当然か。

「お金を稼いで皆に給料を払わないと！　責任あるし。……ところでねクライン」

「ん？」

「リンダーベルで家を持とうとすると幾《いく》らくらいかかるのかな？」

「うーん、どのくらいの広さかにもよるな」

「えーとね、部屋はお客さんが来た時に泊められるように、自分とプルちゃん達の部屋も入れて五部屋くらい欲しいかな。あとリビングとダイニングキッチンが広いこと、お風呂とトイレがあること」

「庭は？」

「そこそこでいい。可能なら洗濯物を干したり、たまにバーベキューしたりできるスペースは欲しいかも」

「ふうん……もう建ってるヤツを買うなら百万ドランから百五十万ドラン、一から好みで作るなら二百万から三百万ドランはかかるだろうな」

ふむふむ。どうせなら一生モノだし好みを反映させたいわよね。

日本円で二千万から三千万円か。土地もついて５ＬＤＫとかですよ。思ったより全然安い。

まあ内装とか家具とか揃えると別途お金がかかるけど、ベースが抑えられるなら万々歳だわ。

「あと一年もすれば家が買えるかも……」

ちょっと嬉しくなってきた。

「は？　ハルカなら、すぐにでも買えるだろ？」

「ええ？　まさか。まだ百万ドラン程度しか貯金ないよ」

それでも夢のような金額だけどね。

「いや、それいつの話？」

「えーと、いつだっけ。それでもギルドで確認したの、そんなに前じゃないと思うけど」

でも普段大きな買い物をしないので、始終ギルドにチェックには行ってない。

「俺は定期的に金額の確認を含めて書き換えしてもらうからな。一昨日《おととい》確認したらケルヴィンからどかーんと金が入ってたぞ。利益の配分とかいって。ただの協力者である俺ですら五十万ドランも入ってたからな、実質の経営者のハルカなんかもっとじゃないか？」

「……あの、ちょっとギルド戻っていいですか」

「確認もしてないのか、お前は。これから仕事に絡んでどんな大きな金が動くかも分からないんだから、マーミヤ商会の金と自分の金くらいはマメにチェックしとけ」

「はい……」

さっき頭を撫《な》でられたのに、今はゴツンと拳骨で叩《たた》かれた。しょぼん。

私は慌てて商業ギルドの受付に戻りカードを見せて、更新してもらう。自分のと商会の現在の金額を見て、腰が抜けそうになった。

私のは一千万ドランを超えているし、マーミヤ商会のほうは優に五千万ドランを超えている。

私は冷静な振りをしながらギルドを出て、クラインを見た。

「ごつだだいぎまだがんでいま」

「落ち着いて理解できる言語で話せ」

「な、なんでこんな大金が……」

「ショーユとミソの売上利益だろ？　バカ売れしてるみたいだからな、今までの町で。ギルドでよく聞く。ケルヴィンも本職より給料貰ってるし、もうそろそろ本腰入れて研究所に入《い》り浸《びた》りたいから、ギルマスの仕事辞めたいと言い出してるぞ」

「……そうか。消耗品だもんね、なくなれば買うし、お客さんも増える一方なのか」

「だから、家なんてぽーんと作れるだろ？」

「エエソウデスネ」

しかし半年ほどしか経っていないのに、こんなにお金が入ってきていいんだろうか。こんな目立つ商売していたら転生者ってバレて国に捕まって利用されたり、他国にスパイに行かされたりしないだろうか？

その心配をクラインに告げると、笑って否定された。

「大丈夫だろ。外の国から来て商売で儲《もう》けてる奴なんか沢山《たくさん》いるし、どかーんと町中で魔物討伐に魔法を使ったりしなければ問題ないさ」

「……そうか。そうよね。私はただの遠い島国からやってきた商売人の一人だもんね」

「まあそもそも転生者で商売人になる奴はいないそうだからな、プルが言うには。皆一生困らない金を貰って勇者になってお姫様とラブラブしたり、金持ちの格好いい旦那に嫁入りしたりとかを希望するみたいだ」

「……何で私にはその一生困らないお金はなかったのかしら」

「いや、ハルカが希望を出さなかったからだろ。むしろ、『色んな能力貰った上にトラに二万ドランも入れてくれててラッキー！　女神様超いい人！』とか思ってそうだとプルが言ってたぞ。まあ、そこまでお気楽じゃな……え？　本当にそう思ってたのか？」

「はあ、まあほぼ百パーセント合ってるかな。だから早く仕事見つけないとと思ったわけで」

「……ハルカ、森で俺に出会ってて良かったな。無職で家もなく、手元に現金もなく仕事も見つからず野垂《のた》れ死にルートだったかもしれないだろ。呑気にもほどがある」

「いや、でも何もしていないのにお金を貰うとか無理でしょ。精神的に苦痛だわ。やはり人間は働いてお金を稼がないと。……稼ぎすぎてる気もするけど」

あと数年で生涯賃金が稼げそうで怖い。

「……まあ、もう今さらだけどな」

「まー今なんとかなってるからＯＫでしょ。野垂れ死にする前にプルちゃんが何とか助けてくれただろうし。まあ商会のほうはお金がないと研究もできないから、あるに越したことはないわよね。でも私は家を建てたら、もうそんなにお金要らないんだけどな……」

「あって困るもんじゃないし、年取って仕事できなくなったり病気になったりした時に使えるだろ？　それでも余るなら孤児院にでも寄付するか、別のモノを研究したりしな。異世界の知識を活かせばもっと便利な商品とかも生み出せそうじゃないか」

「おー、それもそうよね。機械もの作るのは難しいけど、移動手段が馬車だけってのも何とかしたいし、他にも色々やれることはありそう。クライン、本当にいつもいいアドバイスありがとう！」

フフフーン♪　まずは～戻ったら家を建てるぞ～♪　と鼻歌混じりに歌いながら馬車に戻る。

（……家ができたら、たまに俺も泊まれるんだろうか。いや勿論《もちろん》何もしない！　何もしないが、何

か起きるといいなくらいの願いは抱いてもいいはずだ）

と、私を眺めているクラインが思っているとは、全く気がつかなかった。

まあとにかく、バルゴへ出発である。

7. 祭りと討伐とテンちゃんの怒り

かっぽ、かっぽ、かっぽ。

馬車での移動は相変わらずのどかだった。

ただ、のどかではあるのだが、バルゴへの旅の途中も私達は食べられる魔物を狩り、食べられない魔物を殲滅《せんめつ》している。キノコや蜂蜜《はちみつ》など通りすがりに取得できる食べ物もありがたく頂く。勿論《もちろん》なくなると困るので全部は採らない。

食べ物を扱う仕事をしているのと、仲間が全員食いしん坊なのでどうしてもそうなるのだ。経費も節約できる。

馬車に繋がれている四頭の馬も、最初は魔物が襲ってくるたびに怯《おび》えていたのに、私達が瞬殺するため、自分達に危険はないと思い始めたのか、最近では全く動じない。大物が襲ってきているのにモシャモシャ草を食べていることすらある。

まあ毎回怯《おび》えられても困るので良いことではあるのだが、馬としてもう少し危機感を持ってもいい気がする。

そうして、明日はようやくバルゴへ到着するという晩。魚介をふんだんに入れたお好み焼き（ヤマーモ入り）を皆で食べながら、今回は食堂でなく出店をやりたいと私は提案した。

「皆で幾《いく》つか場所取ってね、焼きそばとか、このお好み焼きのミニサイズのとか、イカを串に刺してショーユタレ付けて焼いたのとか綿菓子とか祭りっぽいのをやりたいのよね」

「綿菓子って何だ？」

プルが首を傾《かし》げた。

「ちょっと待ってねぇ……と。あったあった」

私はアイテムボックスから四角い鉄の箱と割り箸、幾《いく》つかの袋を取り出す。

「試しに作ってみるね」

トラちゃんのネット通販でお試しで購入したものが、魔法によってバッテリー部分を動かせるのは確認済みだ。

皆が興味津々《しんしん》で見ている。

熱を持ち出した機器を確認し、私は中央の穴に色つきのザラメを流し入れた。

ふわりと出てきた糸のようなモノを割り箸にくるくるっと巻きつけていく。すぐにピンクの小さな雲のようになった。

「はい。これが綿菓子。手でつまめるよ」

プルちゃんに渡したそれを皆で少しずつつまむ。

「おお！　ふわふわなのに口で溶けたぞ」

「……美味《おい》しい」

「まぁ俺にはちょっと甘いけど、旨《うま》いと思うぞ」

「まあ砂糖だけだしね、原料」

「うん、でもこれ子供とかに受けるんじゃない？」

「そうなのよ。あっちの世界でも祭りでは子供に大人気だったのよ。十ドランなら子供が買えるでしょ？　パン一つくらいの値段だし」

「いいわね！　見た目も可愛いし売りましょうよ」

皆の賛成も得られて私はご機嫌である。

しかし、これまでも魔法が使えないと諦めなければならないことばかりだった。精霊さんには感謝してもしきれない。

「ねぇプルちゃん」

「んー？」

話しかけると、もふもふと綿菓子の残りを食べていたプルちゃんが私を見る。

「私に魔法を使わせてくれる精霊さんて、会えないのかな？　いつもお世話になってるからお礼したいんだけど」

「いや、別に会えるけど？　ハルカが出てきてほしいとお願いすればいいだけだぞ」

「……もっと早く聞いとけば良かった」

早速私はお願いした。

「魔法を使わせてくれる精霊さん達、ご挨拶《あいさつ》したいので出てきてくれませんか〜」

すると、十センチくらいのサイズの小さな可愛い精霊の人達（人ではないんだけど）が、空中に現れる。

髪の毛の色合いや雰囲気から見て、火と水と風と土、それに光と闇かな？　の六人である。皆女の子みたいだ。可愛い。

「ようやく呼んでくれたわ～」

「プルが何の話もしてくれないから、どうしようかと思ったわよ」

「多分私達に出てきてほしくなかったんじゃない？」

「何で何で？」

「ハルカのお菓子が減るとか？」

「ただでさえおデブなのにまた肥えたんじゃないの、こっちの暮らしで」

「……デブじゃない、ぽっちゃりだ！」

プルちゃんが精霊達を睨《にら》み付《つ》けた。

「やあね～食い意地の張った妖精って」

「ぽっちゃりは大概デブの自己申告なのよね」

「お前ら帰れえ～っ！」

皆、結構毒舌である。

「でもプルちゃんは太ってないわよ。少しぷにっとしてるだけ。触り心地いいのよ～。ところで精霊さん達も食べたりできるの？」

「勿論《もちろん》よ。ここら辺の人が作るのはあまり美味《おい》しいモノがないんだけど、ハルカが作るのは美味《おい》しそうだからずっと食べてみたかったのよね～」

「ねぇ～」

私はアイテムボックスからクッキーを何種類か出して、彼女達にすすめた。希望のものを皆に一つずつ配ったが、体が小さいので両手で抱えないと持てないサイズだ。

「ふわぁ、アーモンドがパリパリして甘みも抑えてあって美味《おい》しいわ～」

「こちらのはチョコの味がする～」

「バターのも美味《おい》しいわねぇ～」

「ココアのはビターな大人の味ね～」

などと言って端っこから食べているが、なかなか減らない。ハムスターがカリカリとエサを食べているようなちまっと感がある。

「ごめんね。今度から精霊さん達に合うサイズで作るから、今回は六人で違う味とか分け合ったりしてね。これからもお世話になるから、定期的にオヤツ作るね」

「大丈夫～でも、もう少し小さいと嬉しい！　ありがと～」

「できたら今度はショートケーキ食べたいわ～」

「私チョコのケーキ～」

「了解！　楽しみにしててね～」

クッキーを持って消えていく精霊さん達を手を振りながら見送って、私はプルちゃんに鼻息荒く話しかけた。

「可愛いかったねぇプルちゃん！　精霊さんもいる世界なんだね、こっちの世界は。凄《すご》いなー」

「……ぷにっとしてるけど、俺様は妖精だからな？　妖精も珍しいんだぞ？　ただ、普通は精霊を見られるとしても一体だけだ。六体もまとめて出てきたのは、多分ハルカが初めてだろう。俺様が全属性持ちにしたからな。しかし、痩せたほうがいいのかな……」

「そんなことないって。今のまんまで充分可愛いし！」

「可愛いかどうかは意見が分かれるところだが、機敏なデ……ぽっちゃりは嫌いじゃない」

クラインがプルちゃんの肩にぽん、と手を乗せる。

「今デブと言いかけたな？」

「幻聴だ」

「……別に太ってない。ふっくらもち肌なだけ」

「テン、我が心の友よ！」

「ふわぁ～、ねえもうそろそろ寝ない？　疲れちゃって眠いのよぅ」

うーん、と伸びをしながらミリアンが欠伸《あくび》をする。

「そうだな。明日も早いから寝るか」

「おやすみ～」

「おやすみ」

そこで皆、寝ることにしたのだった。

バルゴの町は、レンガ造りの建物が建ち並ぶ、異国情緒溢《あふ》れるところだった。

私達が町の門をくぐったのは、正午を少し回った頃である。

「わぁ～いい感じの町だねぇ」

「アタシも初めて来たけど、風情《ふぜい》があっていいわ～」

私とミリアンはご機嫌になった。

祭りの準備なのか、幾《いく》つも出店の骨組みが組まれ、何人もの職人さんが屋根に雨よけの布をかけている。

トッカントッカンと釘を打つ音も聞こえてきて、気分が盛り上がった。

「先に宿屋を押さえてから、ギルドで祭りに出店が出せるか急いで確認しないとね！」

私は拳を握りしめ、クラインを見る。

「ああ。しかし祭りで観光客が来てるから宿屋が取れるか不安だな」

馬車を広い草地に停めて、クラインと私は商業ギルドへ急いだ。


「……え？　宿屋一杯、ですか？」

「祭りの時は何ヶ月も前から予約が入るんですよねぇ。流石《さすが》に明後日《あさって》から祭りって時に宿屋は難しいですよ」

バルゴの商業ギルドのギルマスは黒豹《くろひょう》の獣人さんで、ロイズさんという四十歳前後の穏やかそうなイケメンさんだった。

お子さんが小さいとのことで、私は彼にクッキーを何種類かお土産《みやげ》として渡しておく。

「最近噂《うわさ》のマーミヤ商会の方なので宿を用意したいのは山々なんですが人数的に厳しいかと。あ、でもレンタルハウスは如何《いかが》ですか？　空き家を一週間単位でお貸ししてるので、ちょっと割高ですがまだ幾《いく》つか空きはありますよ」

「是非《ぜひ》お願いします！」

三つ空いてるとのことだが、私達の一存では決められない。クラインが皆を呼んでくると言うので、揃うまで待つことになった。

「あ！　そうそう、ハルカさん。リンダーベルのギルマスのケルヴィンさんから、冒険者ギルドのほうに顔を出してほしいと伝言を頼まれてたんです。すみません、うちの話からしてしまって」

ロイズさんが紅茶を飲みながら詫《わ》びる。

「ケルヴィンさんが？　何だろ。分かりました。家を見た後で行ってみますね」

祭りの出店は枠があるとのことで、場所は少し外れのほうだが四つ並びで確保してもらった。出店の手数料は無料だが、売上の三パーセントを納めるらしい。店の解体費用なども含まれているので良心的である。

祭りは三日間行われるそうで、今回は仮装をするようだ。

この町は、民芸品である人形や草で編んだ籠みたいなモノしか売りがないため、観光客を集めるために町長さんが町興し的に『祭りをやろう！』と考え、定期的に開催するようになったらしい。

大変だよね、特産品とか目立つものがないと。

年に四回か五回祭りが開催されるようになって、ようやく町が潤《うるお》うようになったとのこと。

牛追い祭りだの泥んこ祭りだの水掛け祭りだの、日本でも村興しでやってるようなイベントだが、仮装祭りは普段できない格好ができると、人気があるそうだ。女装、男装もＯＫ。エントリーして番号札を胸につけておくと、観光客が見て投票所で好きな番号に投票してくれる。上位の人には賞品が出るらしい。

商売してる人も参加ＯＫとのことで、面白いので皆のエントリーをしておいた。

（トラちゃんのネット通販で皆の衣装買えばいいし、いかにも祭りっぽいもんね！）

そんなこんなしているうちに、クラインが皆を連れて戻ってきたので、早速レンタルハウスを見にいくことにした。

紹介できる三軒は以下とのこと。
●８ＬＤＫの公爵様の別荘
●10ＬＤＫの商人のセカンドハウス
●５ＬＤＫの男爵の元住居
ちょっと豪華すぎないかと怯《おび》える私をミリアンが宥《なだ》めつつ、それぞれ近い順に見ていく。

結論。10ＬＤＫの商人のセカンドハウスに決まった。

手入れをされたばかりで綺麗だし、風呂がおっきい。そしてキッチンも広い。何よりも祭りの会場まで徒歩で十分もかからない。

公爵様の別荘は町から離れてるし、男爵の元住居はボロい。そして風呂もなくシャワーだけだ。

最初は「贅沢《ぜいたく》だからそんな高くないとこがいい」と考えていた私も、風呂とキッチンを見てテンションが上がった。

金額は一週間で三万ドラン。三十万円である。ただ、六人で一週間なら一日四万円ちょいだから、一人頭七千円だ。思ったより安い。

ギルドに戻って契約をしつつ、毎回宿屋で狭い思いをしてバラバラに泊まるなら、気を使わないでいいし、今度からレンタルハウスのほうがいいよねと皆の意見が一致した。

私はケルヴィンさんの伝言の件を話し、皆には先にレンタルハウスに向かってもらうことにする。

クライン一人が、口座のチェックのため付いてきた。

ちなみに、商業ギルドでも冒険者ギルドでも銀行口座のチェックはできる。ただし、本人でないと振り込んだり引き出したりはできない。もっとも、カードの記帳（残高の更新だね）は頼まれた人でもできる。

「あいつらも全く金を使わないからチェックしてないんだな。ハルカが飯作るしオヤツも作るし、町の買い物もハルカが払うだろ？　最初に持ってた金も殆《ほとん》ど減ってないからって。浪費しろとは言わないが、お前らもう少し金の管理をしっかりしろ」

「ハイスミマセン」

冒険者ギルドでクラインが記帳してる間に受付に向かった私は、「マーミヤ商会のハルカと申しますが、リンダーベルのギルマスのケルヴィンさんからこちらに寄るように言われまして」と猫の獣人さんでやたら童顔の可愛らしいお兄さんに告げた。

「ああ、ハルカさんですね！　今、ギルマスの接客が終わったのでご案内しますね」

記帳が終わったクラインと一緒に、レオンと名乗った（副ギルマスだそうだ）そのお兄さんに案内されて、ギルマスのバーミンガムさんの部屋に案内される。

「あらやだ、可愛らしい子じゃないの〜♪」

バーミンガムさんは三十代半ばくらいの、アゴが二つに割れているゴツいお兄さんだ。髭《ひげ》の剃り跡も青々として筋骨隆々《きんこつりゅうりゅう》である。

この国でおネエに初めて会ったなぁ、と私は少し懐かしくなった。

あっちの世界で新宿《しんじゅく》二丁目のとんかつ屋でアルバイトしていたのだが、店員もゲイ、客層もゲイ八割という、何で私を雇ってくれたのか未だに謎な店だったのだ。その店は皆が優しかった。女性より女らしい人もいたが、そういう人は大概見た目が男らしい。

女なんだから見た目に気を使えとか少しは化粧をしなさいとか、ろくでなしの見分け方とか、色々教えてくれて勉強になりました。それを役に立てる前に死んじゃってすみませんでした、おネエさん達。

「ケルヴィンさんの話って何でしょうか？」

土産《みやげ》を持ってきていないので、私は作り置きのパウンドケーキをレオンさんに渡す。すると彼は、紅茶と一緒にカットして運んできてくれた。

「ハルカさんから頂いたお菓子です」

「まあ、気にしなくていいのに。ありがとう、早速頂くわね……あらやだ美味《おい》しい！　マーミヤ商会ってお菓子も出してるの？　私お菓子大好きなのよぅ～」

「祭りの出店もしますので、良かったらいらしてくださいね。お菓子も出しますよ」

「勿論《もちろん》行くわ！　ハニーと一緒にね！」

バーミンガムさんはレオンさんにウィンクをした。おお、意外な組合せだけど、仲良さそうでいいですねえ。

「あ、いけない。仕事忘れるとこだった。これケルヴィンからの手紙ね」

そう言って渡された手紙をクラインと開くと、『ショーユとミソの売上金振り込みました。怖いくらいお金が入ってくるから、もう僕めんどくさいです。ギルマス辞めて研究所一本にしたいんだけどいいっすか？　相談兼ねてご飯食べたいから、はよ戻ってきて（要約）』というのと、『ミリアンが現役冒険者に戻ったから、そっちの国の討伐依頼振られちゃった。あとハルカさんもバーミンガムから依頼受けといてね。ヨロシク（要約）』という二点だった。

「……あれ？　ミリアンて元B級冒険者じゃなかった？」

「そう聞いてるが」

バーミンガムさんが三切れ目のパウンドケーキを食べながら、「元だったんだけどね、ほらぁ貴方達、ピノでクラーケン討伐しちゃったじゃない？　あれでミリアンが現役に自動的に戻ったのよ。その上、討伐レベルが高かったんでA級に上がったワケ。当然、国からの優先討伐依頼は受けてもらわないと。今人手不足だからねえ。あ、ハルカもB級になったわよ♪　おめでとう！」と言った。

「……うえっ？」

ミリアンも知らないだろうが、こっちも初耳だ。D級から上げないように粘っていたのに、いつの間に。

「私がイカそうめんの誘惑に負けたせいね」

「……あえて否定はしないが、遅かれ早かれの気もする」

しんなりした私を慰《なぐさ》めつつ、クラインがバーミンガムさんに確認する。

「で、何が出たんですか？」

「それがね……バルバロスなのよ」

バルバロスとは、断崖絶壁に好んで巣を作る鳥に似た魔物で、通常の場合、攻撃されなければ人を襲うような狂暴さはない。

ただ、バルゴの近くのカランカ山の中腹辺りに大きな裂け目ができて、そこから噴き出す澱《よど》みで気の荒いバルバロスが何体も発生しているらしい。

単体ではBランクなのだが、複数になるとAランクになる。

「あの、その討伐、いつまでに？」

私は顔を上げた。

「え？　そりゃ早いほうがいいけども……」

「祭り、明後日《あさって》からですよね？　明日行きます！　祭りは楽しくしたいので！」

準備します、と立ち上がった私は、一番気になることを質問した。

「で、その魔物、食べられますか？」

「……え？　ああ、食べられるし美味《おい》しいわよ。クセがなくて肉質が柔らかいの。意外と高級品なのよ。爪も武器に加工されるから高価買取りするわ〜」

「俄然《がぜん》やる気が出ました。では今日はこれで」

クラインと私はレンタルハウスに戻る途中で、野菜など食材を買い込んだ。

そこでため息をつく。

「いつの間にB級に……」

「……まあ、なったもんは仕方ない。ケルヴィンも他の町での討伐にまでは口出せないだろ。国からの優先討伐依頼は、よほどの事情がない限り受けないといけなくなるな」

「あーあ……仕方ないよね。でも地味に地味に討伐こなしてれば目立たないよね？」

「多分な……」

クラインは、地味に討伐をこなしているとランクが上がるんだがと内心思ったらしいが、どうせ後で分かることなのでと黙っていたそうだ。

「私のマイホーム建設と穏やかなパティスリー経営の夢が……」

「バカだな、リンダーベルに戻ったら商業ギルドの身分証に切り替えて冒険者を引退すればいいだろ」

「……あれ？　それでいいの？」

「作ったとこでしか切り替えはできないけど、できるぞ確か」

「そうか、最初に冒険者ギルドで身分証作ったから、ずっとこれ持ってないといけないと思ってたわ。考えてみたら、私は今れっきとした商売人じゃないの。なんだ、それならバリバリ討伐しよう。リンダーベルまでの限定冒険者だしね！　ミリアンも商業ギルドで登録すればいいだけよね！」

私はホッとして歩き続ける。

荷物を抱えて一緒に歩くクラインは、討伐よりも全員の貯金が一気に増えていたので、そっちのほうが驚かれそうだなぁ、などと呟《つぶや》いていた。

□□□

「あうぢだでぽえへげ」

「はうだはげらかわででぶよに？」

「……てげてげぼばるんだばぐに……」

「だからお前らも理解できる言語で話せ」

レンタルハウスでの初日の食事ということで、私は気合を入れて茶碗蒸し、鮭（的な魚）のちゃんちゃん焼き、揚げ出し豆腐にキノコの炊《た》き込みご飯、オーク肉のしゃぶしゃぶを作った。皆、それに舌鼓《したつづみ》を打つ。

その後、広いリビングで緑茶を飲みくつろぎながら、クラインはミリアンとプルちゃん、テンちゃんにギルド貯金のチェックと管理についてこんこんと説《と》いていた。

「……だって知るわけないじゃない、今までに一万ドラン以上入ってたことがないアタシの口座に、いきなり五十万ドラン以上入ってるとか？　あのねぇ、自慢じゃないけどアタシのギルドの受付時代の給料八千ドランだったのよ？」

「俺様はギルドに口座を持ったこともよく分からんし、何十万ドランとか自分の金として認識したこともないしだな……。こんな大金、菓子屋まるごと買えるんじゃないのか？　おい、どうすんだ、これはもしや、俺様は賄賂《わいろ》を貰うお代官様のルートなのか？　風車の七三郎に風車投げられて出合え出合え～とか言われタコ殴りに遭《あ》って、ジャージャージャーンひかえおろーとか言われて……いや待てご隠居様はどこだ？」

「……気になってた、必然裏稼業《うらかぎょう》のＤＶＤが買える？　……いや、茨城のご隠居様の新しいシリーズが先？」

「あんた達どれだけ茨城のご隠居様推しなの。確かに右川《うかわ》さんもいいけど、私は裏稼業《うらかぎょう》派なのよ。蕎麦屋《そばや》の与兵衛《よへえ》様イチオシなのよ」

「待ちなさいよハルカ。どうしてご隠居様シリーズで右川さんが出るのよ？　風車の七三郎でしょうよ？　七三郎を超えられるわけないでしょ、あの地味メンが。悔しかったら栗《くり》を悪人に投げつけるだけじゃなく、飛ばして柱にぶっ刺して見なさいよ、できないでしょうが」

「ミリアンあんたね、栗《くり》は食べてもらってなんぼなのよ？　風車みたいにぶんぶん投げたら見つけられないでしょうよ、右川さんはちゃんと解決したら拾って食べるんだから。栗《くり》は茨城の象徴よ？　全国生産量ナンバーワンなのよ？　栗《くり》を当てて嫌がらせすることでご隠居が茨城イケてるマウント取るんだから。ナンバーワンじゃなきゃ誰も控えおろうしてくれないじゃないの、馬鹿じゃない？

あそこで大人の落ち着きで右川さんが懐《ふところ》から栗《くり》を撒いて控えおろう～が出てこそ――」

「お前ら、とりあえずやかましい上に方向性がどんどんずれてるから静まれ！」

プルちゃんが私達を叱《しか》りつけ、トラちゃんがお茶を交換しつつ『大人げないから落ち着きましょう』とメモを置いた。反省。

「……そっ、そうね、大事なのはＤＶＤの話じゃなくて、討伐と冒険者ランクよ」

私は話を戻した。

「ミリアンがＡ級で私がＢ級、ステルス上級冒険者のクラインやプルちゃん、テンちゃん達がいると、もう大概の魔物は倒せそうだから、明日の討伐は仕方ないとしてちゃっちゃとやって、私はリンダーベルに戻ったら冒険者引退して商業ギルドで商人登録するわ。店やりながら討伐とか忙しすぎて絶対無理」

「そうよねー、アタシも面倒だし商業ギルドで登録するわ。知らないうちにＡ級まで上がったのに商人登録でＦランクから始めるのはイヤだけど、食べ物や化粧品売るの楽しいもの」

「ミリアンはマジで売るために生まれたと言っても過言ではないほど天性の素質があるわ。すぐＡ級よ」

「何言ってるの、コスメもご飯もお菓子も、ハルカの高いクオリティーで出してこそ自信を持って売れるんじゃない」

「いやいやいや」

「またまたまた」

「とりあえず明日は早めに出てさっさと討伐するぞ。ハルカ達もプル達もとっとと風呂入って寝ろ。祭りの支度もあるから夕方までに片付けるぞ」

結局、クラインの締めの言葉に私達はビシっと直立した。

「「「了解」」」

□　□　□

翌日。

バルバロス討伐のため、私達は朝早くバルゴを出てカランカ山に向かった。

「……テンちゃん、朝早くからギルドへ行きたいとか言うから、何事かと思えば」

「……欲しかった」

テンちゃんが懐《ふところ》に忍ばせているのは、ギルドから下ろしたお金をトラちゃんに注ぎ込んで購入した、必然裏稼業《うらかぎょう》のドラマＤＶＤだ。沢山《たくさん》お金が入ったのでどうにも我慢ができなくなったらしい。

「なら、今夜は上映会だね！　またプルちゃん大画面にしてねー」

「任せろ」

壁一面を白布で覆《おお》うと、プルちゃんがＤＶＤプレーヤーの映像を布に転送してくれるので、映画館並みに大きな画面で楽しめるのである。

「それじゃ、さっさと片付けるぞ」

クラインが先頭で登っていく。歩くこと二時間。まだそのバルバロスは現れない。

「……地味に疲れた。まだかなぁ～」

私はタオルで汗を拭《ぬぐ》い、ちょっと歩みが遅くなった。

「アタシも。クラインまだなのぉ？」

「ミリアンもハルカも体力ないな。多分そろそろだ」

見ると、少し先のほうから霧のような白っぽい煙が漂《ただよ》ってきていた。

「あー本当、瘴気《しょうき》だね。結界張るわ」

私が精霊さん達に願うと、全員の周りがふわっと光った。

「来るぞっ！」

プルちゃんが叫ぶ。その叫びに呼応したように二体のバルバロスが上空から急降下で襲いかかってきた。

だが、伊達《だて》に旅先で殲滅《せんめつ》しまくっている面々ではないので、彼らの繰り出すエアカッター的な風魔法にも怯《おび》えはしない。

まあ私の結界のお蔭もあるが。

多分、幾《いく》らBランクとは言え、私達の体には傷一つつけられないだろう。

二体倒すのに皆、息切れもしてない。

「美味は大切に～！」

私の掛け声で最小限の傷で倒すことに集中をするパーティというのも問題な気がするが、二体の後から現れた四体も、手助けする必要なく瞬殺してくれる。トラちゃんがいつもの忍者姿で血抜きと皮と肉の分離を手早くしてくれた。

「……なんだか今回もあっけなかった」

テンちゃんは長剣も大剣も得意だが、腕を振るうといったレベルではなかったようだ。

「確かにデカいけど、六体なら大量発生とは言わないと思うんだけどなあ……」

私が呟《つぶや》くと、それが聞こえたのかと思うほどすぐ、背後の草むらから五体のバルバロスが羽を広げ鋭い爪で襲いかかってきた。

「んぎゃっ」

「……ハルカ危ない！」

テンちゃんが咄嗟《とっさ》に私を突き飛ばし、バルバロスの攻撃を真っ向から受け止めてくれた。

勿論《もちろん》、結界で怪我一つしなかった。本人は。

ただ、鉤ヅメで胸元を抉《えぐ》られた際に音がしただけだ。

ぱき、っと。

目を見開いたテンちゃんが慌てて胸元を探る。

大事なＤＶＤがケースごと真っ二つになっていた。

「あ……」

彼はケースを持ったその手を震わせる。

「……アカン、あれはガチでダメなやつだ」

プルちゃんの呟《つぶや》きが、静まり返った空間にエコーがかかったかのように大きく響き渡った。

ゴゴ、ゴゴゴゴゴ。

地鳴りのような音がし、いつの間にかテンちゃんが大人モードに戻った。

「……お前ら楽に死ねると思うなよ」

凄絶《そうぜつ》なまでの端整な顔が、怒りに歪《ゆが》む。

ヒュンッ。

何か小さな音がしたかと思うのと同時に、襲ってきた五体が羽と脚に分離し、飛び散る。

『ンギャ～！　ギャオーッ！』

空中から無様《ぶざま》に墜《お》ち、転げ回るバルバロス。

「アッハッハッハッ！　土下座して詫《わ》びろ！　勿論《もちろん》許さんがな！　控えおろうー！」

後ろで固まっていた私に向かって、クラインが叫んだ。

「ハルカ！　あれ以上放置すると肉がミンチになって土まみれで食えなくなるっ！　止めろ！」

「無理言わないでよ！　激おこじゃないのよテンちゃんっ」

私はぶんぶん首を横に振った。

するとプルちゃんが私の耳元で囁《ささや》く。

「……ゴニョゴニョ」

「いやそんなんで止まるかーっ！」

「いいから！　時間がない！」

「テンちゃーんっ！」

私は諦めて大声でテンちゃんを呼ぶ。

「ねえ私のー、着物姿見たくなーいー？　あーれーくるくるくる〜の着物ー」

「……っ」

「ほら無反応じゃないの！　とんだ恥さらしじゃないのよぉー」

テンちゃんに無視されたと思った私は、顔を手で覆《おお》いうずくまった。

だが、一呼吸遅れたあたりでテンちゃんからぶばぁーっと鼻血が噴き出す。

「あいつ、ジジイのクセに虫や動物眺めるくらいしか趣味なくて、女性に免疫とかないんだよなぁ」

「「五百年以上も？　なんて不憫《ふびん》な」」

小声のプルちゃんに合わせてクラインとミリアンも小声になる。

「ほら今のうちだ」

テンちゃんが体を震わせ、「……見たいと言えば変態と思われる……でも見たくないとか口が裂けても言えないし」とぶつぶつ呟《つぶや》いているのを放置して、クライン達は死にかけのバルバロス五体に一撃で止《とど》めを刺す。トラちゃんを呼びサクサクと血抜きをして肉を皮から剥《は》がし切り分け、アイテムボックスにしまった。

「……どちらが、どちらが正解だ」

頭をがしがしと掻きながら悩み中の、血まみれのテンちゃんの肩を抱きながら、プルちゃんは

「大丈夫だ、俺様が間違いなくハルカに着せるから。とりあえず元に戻れ」と宥《なだ》めている。

テンちゃんはいつもの子供姿に戻った。

大人モードだと魔力が駄々《だだ》もれなので無駄な魔物が寄ってくるのだ。

「……本当に？」

キラキラした目でプルちゃんを見つめるテンちゃん。

「ついでだ、そのＤＶＤも帰ってから今度は俺が買うから、見終わったら次はご隠居様の二代目をテンが買えよ？」

コクコクと頷《うなず》いたテンちゃんは「……友だち」とプルちゃんの手をニギニギした。

プルちゃんはテンちゃんの血まみれの衣服と顔を魔法で綺麗にし、「ハルカ～終わったから帰るぞー」とうずくまったままの私に声をかける。

「……でも……あれ？　バルバロスは？」

「アイテムボックスに捌《さば》いてしまったぞ。あと、浴衣《ゆかた》でいいってテンが」

「え？」

「……（コクコク）」

よく分からないうちに解決していたので、私は首を傾《かし》げた。まあ解決したなら良しだ。

「よーし。じゃ、皆で祭りの初日は好きな衣装でゴーよ♪　今日、あまり働いてないから、私が皆におごっちゃう！　帰ったら好きな服を選んでね～っ」

「ほんとハルカ？　わーいラッキー♪」

ミリアンが私に抱きついた。

「よし、そうなれば、と」

私は皆に改めて結界魔法をかけ、回復魔法とすっかり忘れていた身体強化をかける。

「来る時も皆を強化しとけば良かったよねぇ。これなら三十分もかからず来れたじゃない」

「ハルカは強いのにどっか抜けてるわよねー。食べ物に関する神経以外が死滅してるからかしら」

「死滅はしてないわよ。絶滅危惧だけど生きてるわ。大事に保護してるわよ。皆行くよー」

いつものようにボケとツッコミみたいな会話をしながらダッシュで駆け下りる私達の背後で、プルちゃんとクラインがため息をついていた。

□□□

「……え？　もう片付いたの？」

「はい。もう綺麗サッパリ。といっても十体くらいでしたけど」

早朝から出かけたので、実はまだ昼前である。

バルゴの冒険者ギルドのおネエなギルマス、バーミンガムさんの部屋で、私とミリアンはコーヒーをご馳走《ちそう》になっていた。バーミンガムさんの恋人、副ギルマスのレオンさんも一緒だ。

クラインは別室の買い取りスペースで皮や爪、魔石などの処理を待っている。

テンちゃんやプルちゃん、トラちゃんはレンタルハウスに戻らせた。ＤＶＤを早く買わないとテンちゃんが暴れるかもとプルちゃんが言ったのだ。

「アタシも元Ｓ級だけど、流石《さすが》にバルバロスの集団だと半日仕事よ？」

「あー、皆頑張りましたからねえ。明日が祭りで準備もあるし早く片づけたいと必死で。人間頑張ろうとする気持ちが大切ですよね〜。普段以上の力が出ますし。あ、これ力作のレアチーズケーキです、良かったら。ラズベリーソースをかけるとまた激ウマですよ」

私はスイーツ好きなバーミンガムさんに作り置きのケーキを出した。

人間美味《おい》しいモノを食べると、細かいことには拘《こだわ》らないおおらかな気持ちになるので、ランク以上の討伐がどうとか、要らぬ疑問をほじ繰り返されずに済む。さっさと終わらせて帰りたいという心の表れである。

「あら♪　やだわ、ハルカのスイーツ美味《おい》しいんだから。アタシ太っちゃうじゃないの！」

そう言いながらもレオンさんにカットしてもらうのだから、バーミンガムさんのスイーツへの防御力はスライム並みである。そして一切れでなく全部切ったものを皿ごと持ってくるレオンさんに付き合いの長さを感じた。

「やだーやだーまた美味《おい》しいわ〜特にこのソースとレアチーズの相性がたまんないわね！　甘酸っぱくて甘すぎないのが素敵」

うっとりするバーミンガムさんに、明日の仮装大会にも参加することを伝えて、皆の番号札を貰う。

「仮装って、民族衣装的なものでもいいんでしょうか？」

「勿論《もちろん》よ～、普段は滅多にしない格好ってコンセプトがあるだけだから」

よし。帰って皆の着るものを相談しなくては。絶対にミリアンにはチャイナドレスを着てほしい。ぼんきゅっぼんなスタイルにとても似合うはずだ。

自分のような凹凸《おうとつ》の少ない体型には着物が向いてるので、案外浴衣《ゆかた》はいい選択であると内心で考える。

他のメンバーは何がいいだろうかと悩んでいると、ノックの音がしてクラインが戻ってきた。

「買い取り終わったぞ。話が済んでたら二人とも帰ろうか」

彼を見てバーミンガムさんがヒラヒラと手を振る。

「あらこっちはもう済んでるわよぅ。明日から三日間宜《よろ》しくお願いね～」

この短時間の間にレアチーズケーキが四つ消え、レオンさんにいい加減にしてくださいと止められていた。

でもレオンさんも二つ食べていたのでどっちもどっちだと、私は思った。

クライン、ミリアン、私はギルドを出てレンタルハウスに戻ってきた。

早速作り置きのお昼ご飯を食べながら、トラちゃんの頭のパソコンを開き、衣装のミーティングに入る。

ちなみに昼食はスプーンで食べやすいロコモコ丼である。

私は、紺地に金魚と花火の柄が入った可愛い浴衣《ゆかた》があったのでそれに決め、深みのある赤い帯と下駄も購入した。

ミリアンは、私の土下座に負けてチャイナドレス（含む扇子《せんす》）にしてくれる。ゴシック調のフワフワのワンピも気になっていたようなので、チャイナドレスのお礼にと買ってあげた。

今日も、倒した魔物の討伐代と売った皮などで三十万ドランを超えたお金が入ってきたのだ。三百万円とか、もう金銭感覚がおかしくなりそうであるが、五人で割ると六万ドラン。一人頭、五十万円ちょい、なら大騒ぎするほどではない。私の取り分で買い物しても全然余裕である。

プルちゃんは悩んだ末にウサギの着ぐるみを、トラちゃんはもふもふの犬の着ぐるみを買った。なぜだ。

『……猫の見た目で犬になるという意外性でしょうか？　もふもふを好む人は多いので』

「トラ、お前意外と上位を狙ってるな？」

プルちゃんが呆《あき》れた顔でトラちゃんを見た。

『おや、ウサギとか確実に可愛いもの好き層を狙い打ちしようとしてるプル様の台詞《せりふ》とも思えませんが。確信犯て恐ろしいですねご主人』

「二人とも仮装大会に結構力を入れてることのほうが驚いたわよ」

そう言って、私は苦笑する。

「テンちゃんはどんなのがいいの？」

「……僕は何でもいい」

「ダメよちゃんと考えないと。誰かが三位までに入れば賞品出るんだもの。何かは分からないけど、どうせなら欲しいじゃない！　アタシだってこんなスリットがっつり入ったエロい服着るのよっ、テンちゃんも覚悟決めなさい！　男は度胸よっ」

ミリアンがテンちゃんをビシッと指差し、私と画面を覗《のぞ》き込《こ》んだ。

「……ちょいと、このターザン風っていうやつ、腰巻きしかないの？」

「うん、まぁジャングルで育った人だから、あまり布地要らないんじゃない？　邪魔だし」

黙って待っていると恐ろしい衣装になることだけは理解したテンちゃんが、「……せめて上下は布地が欲しい」と選択に加わった。

延々と悩んだ結果、ドラキュラ（マント付き）の衣装に決定する。

「クラインは～？」

「俺はもう決めてるんだよな」

クラインは画面をちゃちゃっといじり、和服コーナーに。

「ご隠居様で着流しの浪人がいただろ？　剣も差せるし、ああいうのが着たい」

「なるほどね。じゃ、この辺のは？」

クラインは黒の紬風《つむぎふう》の細かい縦縞が入った着物をチョイスした。草履《ぞうり》にもチャレンジするらしい。

「よし！　皆買ったね。じゃ、サイズとか合わないと困るから、皆着替えてきて～。私はその間に明日の売り物作らないと」

買い物を終えると、私は魔法でイカを切っては串に刺してパレットにどんどん並べていった。

焼き鳥も作るかと、本日のバルバロスの肉も小さく切っては串に刺して塩ふって軽く焼く。それにタレをつけて軽く焼くを繰り返した。焼き鳥は当日焼く、香ばしい匂いがいいのだ。完全に仕上げてはいけない。

作業をしていると、皆がそれぞれ衣装を着て私に見せにくる。

「ミリアン、ブラボー！　男性客の票は貰ったわ～♪」

「プルちゃん、似合いすぎ。最高！」

「トラちゃんもプニプニもふもふのわんこみたいで可愛いわ～♪」

「クライン、渋い！　落ち着いた色合いにして良かったね～。淑女は胸元チラリに釘付けね」

一番だったのはテンちゃんだ。

「……テンちゃんや。大人モードでもないのに色気が駄々《だだ》もれだよ。普段着かと思うくらいしっくり来てるわ」

「この襟《えり》が立ってるマントが、またミステリアスでヤバいわね……これ大人モードなら石化するわ、アタシ。男のクセに無駄に肌もつるつるで髪もサラッサラで女子力高いのが悔しいわ」

「……なる？　大人モード？」

「「いえ結構です」」

衣装も揃ったコトだし、あとは明日に備えて仕込みをするだけだ。

「祭りも頑張って売りまくるわよ～♪」

せっせと串に刺す作業と並行して、私はクッキーとプチシュークリームを作り始めた。

「ハルカは着ないのか？」

そこにクラインが尋ねてくる。

「浴衣《ゆかた》はサイズとかあまり関係ないからね。沢山《たくさん》の仕込みが残ってるし、まぁ明日のお楽しみにしといて」

鼻唄を歌いながら、私は作業に戻った。

「……クライン、お前着物でお揃い狙ってたな？」

プルちゃんが着替えから戻ってきてクラインに囁《ささや》く。

「そのぐらい大目に見ろ」

「本人が全く意識してないから許す。ぷぷぷ」

「……いっぺんちゃんと話し合おうか」

「俺様はハルカと楽しく暮らせればそれでいいのだ。変に意識させるなよ、ギクシャクするから、ハルカみたいなタイプは」

「……分かってる」

ひとまず明日からの祭りの出店を成功させるのが一番の目標である。着替えたクラインがキッチンに戻ってきて、私の手伝いをしてくれた。

□　□　□

そして祭り当日。

仮装祭りにやってきた人、出店する人、食べる人、飲む人、踊る人、奏でる人。いやもう、朝っぱらからどこから湧いてきたのかと思うほどの人の多さに、私は少しげんなりしていた。単に売り物の準備で寝不足なだけかもしれない。

四つの出店は、焼きそばとミニお好み焼き、イカ焼きと焼き鳥、綿菓子とプチシュークリーム、そしてパウンドケーキやクッキーなどの焼き菓子に分けた。

焼きそばやお好み焼きは、仕上げに鉄板で少し焼いてからソースをかけるので一手間必要だが、焼けたソースの香ばしい匂いがないと人が呼べないし、祭りじゃないでしょ、うん。

まだソースはこの世界に出回らせていないが、秘伝のタレとか言えばいいだけだ。

マヨネーズもお好み焼き用に作ってみたが、卵と酢と塩と植物油で意外と簡単にできた。ケルヴィンさんのところで量産しよう。マヨネーズは焼きそばにも合う。タルタルソースにも必須である。

ああ素晴らしきかなマヨネーズ。

私が焼きそばとミニお好み焼きを担当、イカ焼きと焼き鳥はクラインが担当、綿菓子やスイーツを売る二店のほうはミリアンとプルちゃんとテンちゃんが担当だ。

四つの店は並びなので、何かあっても行き来は簡単である。

クラインと私は袖口が調理に邪魔なので、たすき掛けにした。

食べ物も着物も汚すのはいけません。

それにしてもやはり綿菓子は子供に大人気ですよ。

ピンクと緑のを作ったところ、男の子も女の子も買う割合はどちらも半々。女の子だからってピンクが好きなわけじゃないんだよね。

なぜかカップルにも人気があった。リア充めー。

色気が駄々《だだ》もれのドラキュラ仕様のテンちゃんが綿菓子をくるくるしていると、女の子がうっとりするのは分かるんだけど、なぜ男の子もうっとりするんだろう。性別問わずイケるタイプなんですかねぇ。

ミリアンはセクシーダイナマイトなこちらでは見ない格好なので、若いお兄ちゃんからモテモテである。

クラインもイケメンだし、プルちゃんも可愛いし、トラちゃんもかゆいところに手が届く対応で若者達に人気だ。

だが、私は思う。

神様、なぜ私のところはオッサンとおばちゃん、ジジババばかりなのでしょうか？

「うま！　この焼きそばってのうま！　二人前くれ。酒のツマミにするから」

「お好み焼きちゅうのも美味《おい》しいわ〜、この白いソースと黒いのがまー凄《すご》く合うのぉ。家族にも持って帰るから五つばかり包んでくれるかね？」

「はいはーい、お待ちくださいね〜」

いや、別にジジババが嫌いかというと、好きだ。オッサンも好きだ。人のいいおばちゃんも世話になったので好きだ。

ただ、好きだというのと、満遍《まんべん》なく周囲にちりばめてほしいというのとは全く別問題である。

少数だから煌《きら》めくというのもあるじゃないか。

いや、仕方ない。私は転生者という以外は地味な人間である。チチも不足している。まぁこんなもんだろう。

でも一握りくらいは地味好みがいても良いじゃないか。

浴衣《ゆかた》を着るので少しは小綺麗にと化粧もしてみたが、クラインやテンちゃんには「いいんじゃないかな……」と言いつつ目を逸《そ》らされた。

ちょっと切ない。

その夜、皆でご飯を食べながら私は客層の話をしたが、皆には「「「気のせいじゃない？　売れまくってたじゃない」」」と軽くいなされてしまう。

そうだよね。初日だからたまたまってのもあるよね。明日も明後日《あさって》もあるしな。

ちょっとウキウキが戻って楽しみにベッドに入るのであった。

だが、私は知らなかった。

私を守るため『ナンパ殲滅《せんめつ》部隊』が密かにクライン達で結成されていることを。

若い男達はクラインやテンちゃん達によってことごとく邪魔をされ、近づこうとする者は燃えそうな殺意ある視線や魔力の威圧で震え上がり、それでも向かう強者《つわもの》には即効性の睡眠薬が塗られたトラちゃんの吹き矢が飛んでいたことを。

若者からは『呪いの焼きそばゾーン』と呼ばれていることを。

それが三日間エンドレス確変中のため、私の店にはジジババとオッサン達しか来ないことが確定していることを。

□　□　□

祭りも三日目。

最終日はせっかくなので、他の店を覗《のぞ》いたり他の仮装している人達を眺めたり、お祭りっぽく楽しもうと皆で意見が一致したので、大好評だった出店はお昼で終わらせていた。

そして今、探索中の私達である。

するとなんとなんと。出店の一つにブルーシャの人がいて、オーク肉を串で刺したミソ焼きを売っていたのだ！

「今話題のミソを使ったミソ焼きだよう〜うまいよ〜♪」

勿論《もちろん》買いましたとも。

自分達の商品ですからね。

美味《おい》しい。でも、ミソをそのまま使ってるようで少ししょっぱい。

私は店のお兄さんをそっと裏手に呼んで、このままだと塩気が強いので、砂糖か蜂蜜《はちみつ》を加えるとコクが出て味がまろやかになると教えてあげた。とても喜んでもらえる。

いやー、調味料が流通してきたのかなと思うと本当に嬉しい。

そんな風にあちこちの店をひやかしていると、中央広場から仮装大会の表彰式をするという放送が流れてきた。

「もしたら誰か表彰されるかもよ？　ミリアンとかテンちゃんとか」

私は誰かが表彰されたら嬉しいのになぁと思い、そちらに足を向ける。そういや副賞は確認をしてなかった。

「プルちゃん、副賞、何だったっけ、入賞の？」

「いや？　何かくれるのか？　お菓子か？」

「クラインは覚えてる？」

「いや知らん。興味なかったしな」

皆知らないと言う。

広場で見ていると、特別賞だのお子様賞だの表彰されて、いよいよ上位三人の発表になる。

『皆様ご期待の入賞者への賞品は、三位はオーク肉二十キロ！　二位はどんな料理にも相性ばっちり！　万全の万能調味料ミソとショーユ一年分！　そして栄《は》えある一位の方は……三ヶ月後に開催されるサウザーリン王国主宰の武道大会または舞踏会に招待されます！』

おおおおっ、とどよめく観衆。

私は心の中でむむむ、と口を尖《とが》らせた。

(待て、ミソとショーユ一年分て、せいぜい一ダースずつよ？　肉二十キロのほうが良くない？

いや嬉しいけどさ、マーミヤ商会の商品入ってるのは。うーん……というかどれも要らないモノだったたな。王国関連のイベントは無闇に近づいたら危険だし、私には死亡フラグでしかないもんね。

万が一ミリアン達が貰うことになっても肉くらいしか要らないな。ショーユは売るほどあるし。いや売ってるか現に）

「今回は接戦でしたよ！　それではー、第三位！　マーグル＝レイヤーさんのドードー鳥！」

歓声と共にいつも美味《おい》しく頂いているドードー鳥のコスプレをした人が壇上に上がる。よく作ったなーあの翼とか。

「おめでとうという気持ちと、いただきますが入り交じり複雑な気持ちになるな」

「俺様はチキン南蛮《なんばん》丼以外に何を食べたか考えてた」

クラインとプルちゃんがのどかに会話をしていた。

「そして、二位は、なんとマーミヤ商会の方がランクインです！　賞品は残念ですが、二位であることを讃《たた》えましょう！　テンペストさんです！」

「おお！　テンちゃんが二位！　おめでとう！」

私はポカーンとしているテンちゃんの手を取り、ぶんぶんと握手する。

「……二位」

「こんなに沢山《たくさん》の参加者の中で凄《すご》いわね！」

ミリアンも肩を叩《たた》く。

とりあえず促《うなが》されるまま壇上に上がったテンちゃんは、挨拶《あいさつ》をした。

「……ありがとうございました。えーと……今回の賞品は辞退しますので、くじ引きでもして勝った人にプレゼントします」

そう述べ、拍手喝采《かっさい》を浴びる。

「うちに戻すより色んな人に使ってもらわないと意味ないもんねぇ」

私もニコニコと拍手をした。

「さあ、名誉ある第一位です。ぶっちぎりの得票数！　まさかのマーミヤ商会のワンツーフィニッシュ!!　ハルカさんでーす！」

「ゴボァッッ！」

他人事のようにジュースを飲んでいた私は、乙女とは思えないような音をさせジュースを噴き出した。

プルちゃんがジュースまみれになって、「目が〜目が〜」と騒いでいるので、謝ってハンカチを手渡す。

拍手の中、どうしても壇上に上がらないといけなさそうだったのでイヤイヤ上がる。そして、司会者のオッサンに小声で尋ねた。

「あの……な、何で私なんですか？」

「いやー、若者から年寄り層まで満遍《まんべん》なく得票してましたからねー。『あの民族衣装はセクシーだ』『しゃがむ時の足首からふくらはぎにかけてのチラリズムがいい』『あんな美女に隣で酒を注いでほしい』とか『少し負けてもらった』『料理が上手《うま》い』『焼きそばの聖女』『ジジババの癒《いや》し』とかご意見を頂いております」

「いや、後半とか全く見た目の話入ってないですよね？　これ仮装大会ですよね？」

「得票数が全てです」

ジジババ達、なんてことしてくれる。

「じゃあ、賞品は辞退しますので、どなたかお好きな方に」

「それは無理です。既《すで》に登録済みで、参加者カードに印字されましたから」

「うえ？　……で、でも私はダンスも腕っぷしもどちらも平均点以下です！」

「そのために三ヶ月あるんじゃないですか。舞踏会ならいい結婚相手が見つかるかもしれませんし、武道大会なら勝てば冒険者ランクのアップグレードもできますしお得ですよ♪」

「いや本当に必要ないんですってば」

「皆さーん、一位のハルカさんは恥ずかしがりやでプレゼントも要らないと言われる奥ゆかしい方でしたー、でも受け取ってもらいまーす。是非《ぜひ》お客さん達の中で王城まで観に行く予定の方は応援してあげてくださいね～♪」

「ガンバレねーちゃん！」

「アタシ達がついてるよー」

掛け声がかかるのも恨めしい。ノーと言えない状況に、小さくお礼を言いながら遠くを見つめる私であった。

エピローグ

かっぽっ、かっぽっ、かっぽっ。

「……はぁぁぁ」

「ハルカ。ため息は程々《ほどほど》にしとけ。ツキが落ちるぞ」

馬車の中、キッチンでため息を繰り返す私に、プルちゃんがベッドから声をかけてきた。

今まで馬車はキッチンと荷物置き場で、寝る時は外にエアマットレスを敷くのが基本だったくらい、本来ここは狭い。

だが先日、お菓子をねだりに来た精霊さんズが、空間魔法で中を広げたらいいじゃなぁ～い♪と言って、外見はそのままで馬車の出入り口の扉を開くと、４ＬＤＫほどの広々とした空間に生まれ変わらせてくれた。お蔭でご飯も寝るのも馬車の中でできる。ありがたい。

(ちなみに馬車の出入り口は、列車の一番後ろとかの感じを想像してほしい)

ただ横道に逸《そ》れたがる馬を操縦するため交代で馬の後ろの御者席《ぎょしゃ》に座らねばならず、今はミリアンとテンちゃんがその役をしていた。

補足だが寝室はミリアン、私とプルちゃんとトラちゃん、クラインとテンちゃんで三部屋を使い、一部屋は荷物置き場となっている。

「……わざわざ家を買わなくても充分馬車で生活できるんじゃないかハルカ？」

初めて皆に改装した馬車のお披露目をした時、クラインがそう言って呆《あき》れたが、「あくまでも魔法で広げただけだから、ある種の詐欺だもの。幻じゃなくやっぱりリアルで家が欲しい！」と私は反論した。

加えて、精霊さんズと話ができるようになったお陰で、私の魔法の幅や威力が増えたのか、皆の携帯用のアイテムボックスも時間経過なしのものができた。これで遠出で魔物の肉などを持ち帰りたい時にも困らない。お弁当も傷《いた》まない。素晴らしい。

これから初夏の季節なので、食べ物が傷《いた》みやすいと心配していたのもまるっと解決だ。

本当にこの世界に転生して良かったと、私は改めて女神様に感謝した。

なのに、さっきからついこぼれてしまう私のため息にはちゃんと理由がある。ジジババの不要な気遣いで仮装大会で頼んでもない一位になり、副賞で『サウザーリン王国主宰の武道大会か舞踏会への（強制）参加資格』を貰ったせいだ。

転生者としてあまり目立つ行動はできないので、武道大会は無理である。わざと負ければいいと思われるだろうが、私はかなりの負けず嫌い。悔しさのあまり観客が驚くような魔法を無意識に使いかねないので、半分は自粛の意味でもある。

しかし、じゃあ舞踏会にといっても、ワルツなんて踊れない。

練習しても素人《しろうと》の付け焼き刃なので、どうせ大した成長は望めないだろう。そこで私の負けず嫌いが出る。風の精霊さんとかにステップを補助させてしまうかもしれない。

もしくは上手《うま》く見える幻覚魔法をかけるとか。

溺れるモノは、藁《わら》でもなんでもわし掴みにするのである。

あと三ヶ月か。真夏にやるなら水泳大会とかじゃダメなのだろうか。

プールがなければ沼地でもいい。

平泳ぎは得意なのだけど。

（そういえば、子供の頃、家族で一度だけ懸賞で当たってお高い旅館に泊まったことがあったなあ）

舞台などもついた大広間がとにかくだだっ広くて感動したのを覚えている。数えてみたら、縦の長いところで二十五畳あった。これは、と父とこっそり夜遅く忍び込み、『二十五畳自由形』レースをしたのだ。ゾゾゾ、ゾゾゾ、と平泳ぎで進もうとするたびに肘やら膝やら腹やらが擦りむけてえらいことになった。父さんが背泳ぎで優勝したが、風呂に入った時に背中が真っ赤になっていたのでかなり痛かったに違いない。そして、母さんにそれがバレて二人とも叱《しか》られた。

馬鹿なことをしたからではない。

自分も参加させてくれなかったことをである。

今振り返ると、うちの家族は本当にバカだった。どうしようもなく残念な家族だ。

ただ、自分はまた生まれ変わって誰かの子供になれるなら、無条件で両親の子供になりたいと思うくらい彼らを愛している。

そこまで考えて、私はふと気づく。

あ、病欠なら良くない？　常に元気な人なんていないし！　ずる休みという手があるじゃなーい。

この思いつきに心が一気に浮き立ち、私はクラインに話す。

「万が一本当に病気になっても、数少ない治癒魔法が使える人間が王宮にはいるし、腕や脚がなくなるレベルでないと無理だと思うぞ」

そう言われた。

ずる休みのためにそんな大怪我できるかーい。本末転倒である。

「仕方ない。すぐ負ければ悔しさも我慢できるし、武道大会にしよ」

「「なぜ女ならそこで舞踏会にしない！」」

と逆に皆に怒られた。解《げ》せない。

そんな風に私の異世界生活は順調（？）に過ぎていくのだった。

この作品に対する皆様のご意見・ご感想をお待ちしております。

おハガキ・お手紙は以下の宛先にお送りください。

【宛先】

〒150-6008 東京都渋谷区恵比寿 4-20-3 恵比寿ｶﾞｰﾃﾞﾝﾌﾟﾚｲｽﾀﾜｰ８Ｆ
（株）アルファポリス　書籍感想係

メールフォームでのご意見・ご感想は右のＱＲコードから、
あるいは以下のワードで検索をかけてください。

アルファポリス　書籍の感想　検索

ご感想はこちらから

本書は、「アルファポリス」（https://www.alphapolis.co.jp/）に掲載されていたものを、
改稿のうえ、書籍化したものです。

異世界《いせかい》の皆《みな》さんが優《やさ》しすぎる。

来栖もよもよ（くるすもよもよ）

2021年 6月 5日初版発行

編集－黒倉あゆ子・倉持真理
編集長－塙綾子
発行者－梶本雄介
発行所－株式会社アルファポリス
〒150-6008 東京都渋谷区恵比寿4-20-3 恵比寿ｶﾞｰﾃﾞﾝﾌﾟﾚｲｽﾀﾜｰ8F
TEL 03-6277-1601（営業） 03-6277-1602（編集）
URL https://www.alphapolis.co.jp/
発売元－株式会社星雲社（共同出版社・流通責任出版社）
〒112-0005 東京都文京区水道1-3-30
TEL 03-3868-3275
装丁・本文イラスト－昌未
装丁デザイン－AFTERGLOW
（レーベルフォーマットデザイン―ansyyqdesign）
印刷－中央精版印刷株式会社

価格はカバーに表示されてあります。

落丁乱丁の場合はアルファポリスまでご連絡ください。

送料は小社負担でお取り替えします。


ISBN978-4-434-28905-7 C0093